うそつきの娘

廣嶋玲子

うぶめに気に入られ，正式に妖怪の子預かり屋となった弥助。妖怪除けの札に悩まされるあかなめの親子や，母を捜す健気な子猫の妖怪りん，千弥を婿にと望む華蛇族《かだぞく》のわがままな姫君初音《はつね》など……。養い親である千弥の助けも借り，弥助は次々とやってくる妖怪達の問題を解決していく。そんなとき，妖怪の子供達が行方不明になるという事件が発生。仲良しの梅の子妖怪梅吉に頼まれ，行方不明の友達を捜しに浅草に行った弥助は，そこで一人の娘に出会った……。妖怪達と少年の交流を描いた，ちょっと怖くて心温まる，お江戸妖怪ファンタジー第二弾。

人物
久蔵《きゅうぞう》
太鼓長屋の大家の息子
千弥《せんや》
太鼓《たいこ》長屋に住む
按摩《あんま》の青年
玉雪《たまゆき》
兎《うさぎ》の妖怪
弥助《やすけ》
千弥の養い子

登場

飛黒《ひぐろ》
烏天狗《からすてんぐ》

津弓《つゆみ》
月夜公の甥《おい》

月夜公《つくよのぎみ》
妖怪奉行所
東《ひがし》の地宮《ちぐう》の奉行

梅《うめ》ばあ
梅の妖怪

梅吉《うめきち》……梅ばあの孫

えんえんら
煙の妖怪
紅月《こうげつ》
松菊楼《しょうぎくろう》の遊女
おあき
人間の娘
あかなめ
風呂《ふろ》垢《あか》をなめる妖怪
くら
黒猫の妖怪
りん
母を捜す子猫の妖怪

虚丸《うろまる》
人形師

王蜜《おうみつ》の君
妖猫《ようびょう》の姫

初音《はつね》
華蛇族《かだぞく》の姫

その他の人物

おいく………久蔵の親戚
太一郎《たいちろう》………おいくの息子
羽冥《うみょう》………骸蛾《むくろが》

妖怪の子預かります2

うそつきの娘

廣嶋玲子

創元推理文庫

LIAR GIRL

by

Reiko Hiroshima

2016

うそつきの娘

妖怪の子預かります2

序章

うすぼんやりとした行燈《あんどん》の明かりのもと、男が一人、仕事に没頭していた。息をつめ、わき目もふらずに、一心に筆を動かしている。

やがて、男は顔をあげ、満足そうに「できた」と言った。

「うんうん。良い出来だよ。これなら先方も満足してくれるだろうさ。……どれ、最後の仕上げをしなくちゃねぇ」

男は後ろを振り返った。

部屋は暗く、行燈の明かりの届かぬところは、薄墨《うすずみ》のような闇に沈んでいる。その闇に浮かぶ小舟のように、籠《かご》があった。鈴虫を入れるような小さなものから、かなり大きなものまで、たくさんの籠が置かれている。

そのうちのいくつかは、空《から》ではなかった。中で何かが暴れているものもあれば、悲鳴が聞こえてくるものもある。

それらをざっと見まわしたあと、男は一つの籠に目をつけ、にんまりと笑った。

「そうだねぇ。おまえにしようかねぇ」

男は立ちあがり、籠に近づいていった。

籠からあがる悲鳴が激しくなった……。

一

時は太平の世、江戸時代。将軍様のお膝元《ひざもと》こと江戸の町には、人、物、活気と、三拍子そろっている。往来には人が行き交い、問屋《とんや》が立ち並ぶ。芝居小屋では花吹雪が舞い、神社仏閣の門前では露店《ろてん》がひしめく。庶民のねぐらである長屋の数も、うなぎのぼりだ。

さて、そんなどこにでもあるような貧乏長屋の一つ、太鼓《たいこ》長屋に、弥助《やすけ》という少年がいた。浅黒い顔に、ぐりぐりっとした大きな目が特徴的で、どことなく狸《たぬき》のような愛嬌《あいきょう》のある少年だ。歳は十三だが、小柄なせいか、二歳ほど幼く見える。親兄弟はいないものの、かわりに千弥《せんや》という養い親がいた。

千弥は全盲の按摩《あんま》であった。二十そこそこにしか見えないが、本当のところはもっとずっと年上だ。もう何年も前から、千弥は歳をとるのをやめてしまったかのようで、その容姿は少しも衰《おとろ》えることがない。

「あれだけきれいだと、老いも逃げてくんだねぇ」

長屋のおかみ達は噂する。そして、その噂がまかりとおってしまうほど、千弥は美しい男だった。

白い細面におさまった、空恐ろしいほどの美貌。頭を涼しげに剃《そ》り上げ、常に目を閉じているが、それがまたなんともいえない色気をかもしだしている。細竹の杖《つえ》を持って歩く姿は柳のように品がよく、それでいて風のようにつかみどころがない。美しいのに、どこか近寄りがたいのだ。触れることのできない薄氷《はくひょう》のようなお人と、遠巻きにため息をついている女子衆《おなご》がどれほどいることか。

その千弥が、唯一執着し、目に入れても痛くないほどかわいがっているのが、弥助だった。本当なら、もうとっくに奉公に出ていてもおかしくない年頃の弥助を、いまだに手元から離そうとしない。とにかく弥助にだけは甘くて甘くて。その過保護ぶりは、すでに太鼓長屋の伝説になっているほどだ。

そして弥助のほうも、千弥にべったりで、千弥以外の人間とは口をきこうとしない子供であったから、弥《いや》が上にも、長屋の人々の興味をひいていた。

なにしろ、壁薄く、路地狭く、人多しの長屋暮らし。ここにいれば、あらゆることは筒抜けだ。

だが、耳ざとい長屋連中でさえ、気づいていなかった。何かと太鼓長屋の話題となる二人が、じつはもっと大きい秘密を隠しているということに。

それは五ヶ月ほど前に遡《さかのぼ》る。

弥助は、ちょっとした鬱憤《うっぷん》晴らしで、森の中で見つけた白い石を割ってしまった。だが、それは妖怪うぶめの宿る石だったのだ。

住まいを奪われ、うぶめは行方をくらました。これに焦《あせ》ったのが、子供を持つ親妖怪達だ。うぶめは、あらゆる妖怪の子供を預かる、妖怪の子預かり屋だったのだ。

どうしても子預かり屋は必要だ。そこで、妖怪奉行所の奉行、月夜公《つくよのぎみ》は、罰としてうぶめのかわりに子妖怪を預かるよう、弥助に命じた。

最初はいやいやだったものの、弥助は少しずつ妖怪に慣れていった。あやかし食らいから子妖怪を守ろうとする中で、己の因縁《いんねん》にも向きあうはめとなった。その際、危うく命を落としかけたが、なんとか助かり、子預かり屋の任も解かれることとなったのだ。

と、そこまではよかったのだが……。

体を張って子供を守ろうとしたところが、うぶめに気に入られ、今度は正式に妖怪の子預かり屋の手伝いをするように、命じられてしまったのだ。

それがほんの十日ほど前のことになる。

(まさか、これからも代理子預かり屋を続けることになっちまうなんてなぁ。そりゃ、妖

怪達は好きだけど……なんかこう、納得いかないっていうか……うーん）

　はあっと、弥助はため息をついた。とたん、千弥が風のように飛んできた。

「どうしたんだい、弥助？　ため息なんかついて、気分でも悪いのかい？」

「ち、違うよ。ちょっと息を吐いただけだよ、千にい」

「本当かい？　ちょっとでもおかしくなったら、私に言うんだよ。あやかし食らいの瘴気《しょうき》は強烈なんだ。あてられると、なかなか抜けないからね……やっぱり心配だ。布団をしいてあげるから、寝たほうがいいんじゃないかい？」

「やだよ。これ以上床《とこ》についてたら、カビがはえてきちまう。大丈夫だって。ほんと大丈夫だから」

「そうかい？　本当にそうならいいんだが……」

　気遣わしげに言う千弥の、白く美しい顔を、弥助はまじまじと見つめた。

　千弥が、じつは白嵐《びゃくらん》という大妖怪だったこと、その妖力の強さと凶悪さからみなに恐れられ、妖界を追放されたことも、先日の騒動で明らかになった。親を亡くしてさ迷っていた弥助とは、妖界を追放されてすぐに出会ったのだという。

「おまえを拾ったのは、ほんの気まぐれからだったよ。あきたら捨ててしまおうとさえ、思っていたもの。でも、日を追うごとに愛《いとお》しくなってきてねえ。それというのも、おまえが一心に私を慕って、頼ってくれたからだろうね。あんなふうに頼られるのは初めてで、ずいぶん戸惑ったものさ」

千弥は自ら全てを打ち明けてくれた。

それでも、弥助はいまだに信じられない気分だった。

(まさか、千にいが妖怪だったなんてなぁ。そりゃ、普通の人とはずれたとこはいっぱいあったけど……何年も一緒にいて、気づかなかった俺も俺なのかなぁ?)

だが、驚きはしたものの、だからどうというわけでもなかった。

弥助にとって、千弥はあくまで千弥だった。正体が妖怪だとわかったからといって、これまで千弥が弥助を守り、いつくしんできてくれた事実が消えるわけではない。

むしろ、心配なことは他にあった。

この話を打ち明けられた時、まず弥助は思ったのだ。

正体を知られた千弥が、自分を置いて去ってしまうのではないか。

そのことを、弥助は心底恐れた。

だが、千弥は約束してくれた。弥助が望む限り、そばにいようと。

その約束どおり、千弥はこれまでと同じように過保護に弥助の世話を焼きたがる。そのまめまめしさと細やかさは、とても妖怪とは思えない。

いや、もう妖怪とは言えないのだろう。妖界を追放された時、千弥は力の源《みなもと》である目玉を奪われた。そして、その目玉は、今は新たなうぶめ石として使われている。

もはや千弥は妖怪には戻らない。一つのけじめがつけられたのだ。

なんだかほっとして、弥助はまたため息をついた。その結果、問答無用とばかりに、千弥に布団の中に放りこまれるはめとなった。


その夜のこと。とんとんと、戸がひそやかに叩かれた。時刻はすでに亥《い》の刻《こく》になっている。こんな遅い時間にやってくる客といったら、考えられるのは一つだけだ。

弥助は戸を開いた。

そこにいたのは、六歳くらいの子供だった。山吹色の水干《すいかん》をまとい、髪はみずらに結ってある。はるか昔のやんごとない若君のようなよそおいだ。色の白い顔はぷっくりと丸く、かわいらしい。でも、その頭からは二本の角が、尻からは細くて白い尾がのぞいていた。

「津弓《つゆみ》！」

「弥助！　元気になった？」

ぱっと顔を輝かせ、尾をぱたぱた振って、子供は弥助に飛びついてきた。

「津弓ね、ずっと我慢してたの。叔父上が、弥助はまだ元気になってないだろうから、行っちゃいけないって。でも、もう大丈夫かなと思って、来てみたの。大丈夫?」

「ああ、大丈夫だ。このとおり、ぴんぴんしてるよ」

「よかったぁ!」

心底嬉しそうに笑う津弓は、妖怪奉行所の奉行、月夜公の甥《おい》だ。だが、その顔も性格も、叔父とは似ても似つかない。

月夜公は凄味《すごみ》のある美貌の持ち主だ。顔の半分をいつも仮面でおおっているが、その冴《さ》え冴《ざ》えとした美しさは少しも損なわれることはなく、むしろ、ぞくりとするような色香を添えている。津弓のような角はなく、かわりに銀の太い尾を三本もはやしている。激すると、この尾を振りまわしてくるので、大変な迷惑だ。

弥助は月夜公が苦手だった。最初に子預かり屋の任を命じられた時、さんざん月夜公に脅されたのだから、無理もない。ただ、ありがたいことに、月夜公に会うことはめったになかった。なにやら千弥と因縁があるようで、ここには近づきたがらないのだ。

きっと、甥の津弓が弥助になついていることも、気に食わないに違いない。だが、甥には弱いので、はっきり「付き合うのはよせ」とは言えないのだろう。

あの月夜公が渋い顔をしていると思うと、弥助は少々愉快になる。

(気取ってて、うぬぼれ屋で、偉そうってだけでも最悪なのに……とんでもない二枚目で、

力も持ってるなんて……いやみすぎるもんな）

やっぱり一番なのは千にいだと思っていると、その千弥が声をかけてきた。

「弥助。早く中にお戻り。風はまだまだ冷たいんだから。熱がぶりかえしたら、どうするんだい？」

せっかく寝かせていた弥助が起きてしまったので、千弥は機嫌の悪い顔をしている。ここで逆らったらまずい。津弓の身が危ない。弥助は慌《あわ》ててうなずいた。

「わかったよ、千にい。ほら、津弓。中に入んなよ」

「ありがと」

津弓はあどけなく笑って、入ってきた。その後ろに誰もいないのを見て、弥助はちょっと驚いた。

「おまえ、一人で来たのか？」

「うん。叔父上はお忙しそうだったから。大丈夫。津弓、もう赤子じゃないもの。だから、ほら、一人でもちゃんと来られたでしょ？」

胸を張る津弓の頭を、弥助はぽんぽんと撫でてやった。

「そっか。偉いな」

「うん！」

「でも、次は勝手に来たりすんなよ。月夜……おまえの叔父さんが心配するぞ。下手すりゃ、俺が殺されちまう」

「馬鹿なことを言うんじゃない」

すかさず千弥が言ってきた。

「そんなこと、誰がさせるものか」

「叔父上はそんなことしないよ。とても優しい方なんだから」

津弓も一生懸命に言う。あの月夜公を優しいと言えるなんて、津弓くらいなものだろうと、弥助は思った。

そうこうするうちに、玉雪《たまゆき》もやってきた。玉雪は兎《うさぎ》の妖怪で、人に化ける時は、体も顔もころころとした女の姿となる。子預かり屋の手伝いに通ってきてくれているのだが、これがまた弥助に甘いのだ。

「まあ、弥助さん。もう起きたりして、あのぅ、大丈夫なのですか?」

「玉雪さんまでよしてよ。もう毒気だってなんだって、抜けきってるよ」

「でも、あまり無理はしないほうが……」

「大丈夫だって」

「いや、弥助。玉雪の言うとおりだよ。今夜はもう寝たほうがいい。津弓、悪いが帰ってくれるかい」

「千にい！」

弥助達の押し問答に、津弓は目をまん丸にしていた。と、はたと手を打ち合わせた。

「そうだ。弥助にこれ、あげる」

そう言って、津弓は懐《ふところ》から小さな袋を取り出し、弥助に差し出した。

「なんだい、これ？」

「仙薬《せんやく》っていうの。弱った体にすごくいいんだって。叔父上が飛黒《ひぐろ》にそう話してた。だから、一粒持ってきたの」

「津弓。飴湯《あめゆ》でも飲むかい？」

とたん、ころりと態度を変える千弥がおかしい。

くすくす笑いながらも、弥助はありがたく袋を受け取った。中に入っていたのは、親指の先くらいの大きさの丸薬だった。色はこっくりと深い茶色だ。

「さっそく飲みなさい、弥助」

「そうですよ。仙薬といったら、あのぅ、妖怪達でもめったに手に入れられないものですから」

「そうそう。飲んで、弥助。津弓、一生懸命持ってきたんだから」

三人から言われては、断れない。

弥助は薬を口に入れた。とたん、舌にびりびりと強い刺激が走った。続いて、脳天をつらぬくような臭気が充満する。我慢して飲み下したものの、弥助は死にそうになってしまった。

げほげほせきこんでいると、津弓が自慢そうに言ってきた。

「ちょっと飲みにくいかもしれないけど、これでほんとに元気になるよ。叔父上、言ってたもの。その薬には、蝦蟇《がま》仙人の脂汗と、しいたけばばの垢《あか》と、えっと、化けうなぎの胆《たん》汁《じゅう》が入っているんだって」

「………」

いっそ死にたい。

弥助がしみじみ思ったのは言うまでもない。

だが、津弓はご機嫌だ。にこにこ笑った。

「これで弥助、大丈夫だね。みんなにも知らせておくね。みんなも喜ぶよ。弥助のところに預けてもらいたいって子妖怪、ずいぶんいるって聞いたもの」

「……そいつも叔父さんに聞いたのかい？」

「ううん。飛黒が言ってたの」

飛黒というのは、月夜公の配下の烏天狗《からすてんぐ》だ。怖い顔の割に、心根が細やかで、時々は津弓の面倒もまかされるらしい。

「弥助はまだ元気にならないのか。いつになったら子預かり屋を再開してくれるのか。親妖怪達が奉行所に聞きに来るから、お役目がはかどらないって言ってた。うぶめが戻ってきたから、みんな困ってはいないけど、どうしても弥助がいいっていう妖怪もいるんだって」

顔馴染みとなった妖怪達の顔が次々と頭に浮かんできて、弥助は胸が熱くなった。みんなが弥助を待ってくれている。それを聞いては、もうぐずぐず寝こんではいられない。

ぐいっと鼻をこすり、弥助は笑った。

「よし！　じゃ、津弓。戻ったら、みんなに伝えてくれよ。弥助は仙薬を飲んで元気になったから、もういつでも子供を預けに来てくれって」

「わかった。じゃ、津弓、もう帰るね。みんなに知らせてあげたいもの」

「そうかい？　それじゃ、玉雪さん、悪いけど、津弓を送ってやってくれる？」

「いいですとも」

「津弓。次来る時は、ちゃんと付き添いと一緒に来いよな」

「わかった」

玉雪に付き添われ、はりきって帰っていく津弓を見送ったあと、弥助は戸を閉めた。千弥が少し不満そうに言ってきた。

「もう再開してしまうのかい？　もう少しのんびりしてからでも、いいんじゃないかい？」

「ううん、いいんだ。みんな待っててくれてるみたいだし。俺もさ、梅吉《うめきち》達に会いたいからさ」

「ならいいけど。絶対に無理をするんじゃないよ。いやになったら、いつでも私に言うんだよ。すぐにでも月夜公のところに行って、直談判してやるから」

「千にい……怖いこと言わないでよ」

千弥と月夜公の対決など、考えるのも恐ろしい。ぞっとしながら、弥助は土間からあがった。

さあ、明日の夜から忙しくなる。

そんなことを思いながら、行燈《あんどん》の火を吹き消した。

二

翌日の夜、さっそく妖怪達が押し寄せてきた。と言っても、子供を預けに来たのではなく、弥助の顔を見にやってくるものがほとんどだった。

梅妖怪の梅吉と梅ばあ、巨大な鶏夫婦の朱刻《あけとき》と時津《ときつ》、その子供でこれまた大きなひよこの刻利《こくり》(弥助が預かった時はまだ卵だった)、どじょう妖怪の青藻《あおも》、仲人屋《なこうど》の十郎《じゅうろう》とはさみの付喪神《つくもがみ》の切子《きりこ》、酒鬼の親子達など。

いずれも弥助と仲良くなった者達で、みんな、あやかし食らいに襲われた弥助を心配していた。しかし、「ひっきりになしに来られたら、弥助が休めない」と、千弥や月夜公に釘を刺され、今まで見舞いを我慢していたのだ。

それだけに、弥助の元気な姿は、妖怪達を喜ばせた。梅吉など、

「よかったよぉ。あやかし食らいの冥波巳《くらはみ》に襲われたって聞いて、おいら、てっきり弥助はもうだめだって思ったんだ。生きてても、手足の一本や二本、食われちまったんだって

思ってさぁ。無事でよかったよぉ」

と、青梅のような顔をしわくちゃにして涙ぐんだくらいだ。

そんなわけで、それから数日は、弥助は見舞いにやってくる妖怪達への対応に追われた。寝不足で、昼間しょぼしょぼした目をしている弥助を見て、大家の息子の久蔵《きゅうぞう》が、

「なんだいなんだい。狸《たぬき》そっくりだったのに、今度はふくろうになっちまってるよ。いっそ、ふくすけって、名前変えるかい？」

と、憎まれ口を叩いたほどだ。

だが、それも少しずつ落ち着いていき、十日もすると、普段の日々が戻ってきた。

そして……。

正真正銘の依頼が来たのだ。


その夜にやってきたのは、痩《や》せた妖怪だった。

まだ春先の寒い時期だというのに、ふんどし一丁で、その上に蓑《みの》をひっかけただけの姿。ぬるりと緑がかった肌、ばさばさしたざんばら髪、ぎょろりとした目が不気味だ。そして、異様なほど長い赤い舌をしていた。舌は口におさまりきらず、だらんと外に出てしまっている。

そのいかにも妖怪らしい妖怪は、あかなめと名乗った。

「今日来たのは他でもねえ。人間の弥助さんに頼みてぇことがあるんでさ」

困り切った様子で、あかなめは切りだした。

「あっしの子供らを、風呂屋に連れてってやってほしいんで」

「風呂屋に？」

「へい。あっしらあかなめは、風呂垢《あか》を食うんでさ」

れろろんと、あかなめは長い舌を回してみせた。

「風呂桶に垢やカビがはえるでやんしょ？　そいつをこう、人間に気づかれぬよう、なめとるんでさ。あっしらが出張ってく風呂屋は、いつだってきれいだってことで、人間どもにも好評なんで」

「へえ」

ところが、最近はどうも妙なのだという。

「あっしらが出入りしてる風呂屋にね、やたら妖怪除けの札がはりつけられるようになったんで。それもただの札じゃねえ。大人の妖怪ははじかねえで、子供の妖怪だけに効きやがる。どうにもこうにもいやな感じのする札なんでさ」

「そいつは……確かに変だね」

弥助も首をかしげた。力の弱い子妖怪に反応し、力の強い大人妖怪には効き目なしとは。普通は逆で、より強い魔を祓《はら》おうとするものではないだろうか。

あかなめの顔も苦り切っていた。

「あっちこっちの風呂屋を回ってみたんだが、軒並み札がはられてやしてね。あっしら親は全然普通に入れるが、がきどもはちょっと……無理に入れねえこともねえが、どうもその、そうしちゃいけねえような気配がぷんぷんしやがって。おかげで、うちのがきどもがひもじがっていけねぇ。ここんとこ、まともに風呂垢をなめてねえんですよ」

「それで……俺に風呂屋に連れてってもらいたいって？」

「そういうことでさ。もっと簡単に言やぁ、弥助さんに先に風呂屋に行ってもらって、札をはがしてもらいてぇんで。そうすりゃ、あとはどうとでもなる。お願いしやすよ。がきどもの泣く声を聞くのは、もうたくさんなんだ」

なんとも気の毒な話だった。しかし、弥助はすぐにはうなずけなかった。

「だけど、子妖怪連れて風呂屋に行くなんて。そ、そりゃ、湯船のほうは暗いから、そうそうはばれないだろうけど。脱衣場や洗い場は人だらけなんだよ？　見つかっちまったら、どうすんだい？」

この時、それまで黙っていた千弥が口をはさんできた。

「要は、子あかなめに風呂垢をなめさせられればいいんだろう？　それだったら、何も馬鹿正直に人の混む時刻に行くことはないよ。今なら、風呂屋ももう閉まっているだろう。玉雪に風呂屋まで送ってもらって、弥助は札をはがして帰ってくればいい。あとは、子あかなめ達が勝手に垢をなめればいいさ」

「あ、なるほど。それいいや！　さすが千にい！」

あかなめ親父も、手を叩いて喜んだ。

「そんじゃぁ、さっそくがきどもを連れてめぇりやす。ちょいと待っててておくんなせぇ」

そう言って、すっとんで夜の闇に消えていき、すぐさま三人の子あかなめを連れて戻ってきた。

子あかなめ達は親とそっくりだったが、みんな痩せていて、大きな目ばかりがぎょろぎょろしている。ひもじそうに舌を動かしているのが哀れだ。

「待ってなよ。すぐに腹いっぱいに食わせてやるからさ」

そう約束して、弥助は玉雪のほうを振り返った。

「じゃ、玉雪さん。俺達を風呂屋に連れてってくれる？　どこでもいいから」

「あいあい。あかなめさん達は、あのぅ、あたしのあとについてきてくださいな」

「合点《がってん》承知」

千弥だけを残し、弥助達は外に出た。

「それじゃ行きましょう」

玉雪の手が弥助の手を握ってきた。次の瞬間、しゅっとまわりの景色がぼやけた。玉雪が跳んだのだ。ぐるりと、天地がひっくり返るような感覚が走り、弥助は耐えられず目を閉じた。

ごうっと、空気がうねる音が聞こえ、そして静まった。

目を開くと、そこは人気のない真っ暗な通りだった。立ち並ぶ店は、全て閉まっている。そして、弥助達の前には風呂屋があった。こちらも静まり返っている。

戸口は閉まっていたものの、二階の窓は開いていたので、玉雪に手伝ってもらって、弥助達は二階の窓から中に忍びこんだ。そこから一階の脱衣場へおり、さらにその先にある洗い場へと向かった。

ざくろ口が見えてきた。ざくろ口とは、洗い場と湯船の間の出入り口のことだ。大変低くできていて、みなはかがまなければ、その向こうにある湯船に入れない。だが、この低いざくろ口のおかげで、湯の熱が逃げにくくなっているのだ。多少不便であろうと、文句を言う江戸っ子はいない。

なにしろ、江戸っ子は風呂好きだ。朝夕に入る者も少なくない。それだけ頻繁《ひんぱん》に使われるのだから、湯船はどうしたって垢まみれになる。それが、あかなめ達のごちそうになるというわけだ。

弥助はあかなめ親子にささやいた。

「どうだい？　ここにも入れそうにないかい？」

「だめでさ。ここにもあのいやな札の臭いがぷんぷんしやがります」

「わかった。それじゃ、これから中に入って、そいつをはがしてくるよ。ちょっと待ってて」

弥助は一人、ざくろ口をくぐった。中はさらに真っ暗だった。ここで息をすると、鼻の穴の奥にまで闇がしみこんできそうな気がする。

一瞬、怖いなと思ったところで、弥助はにやりとしてしまった。考えてみれば、自分は妖怪と一緒にここまで来たのだ。いまさら闇を怖がる必要がどこにあろうか。

少し目が慣れてきたところで、弥助は札を探し始めた。それはすぐに見つかった。ざくろ口の湯船側のところに、白く細長いものがはりつけてあったのだ。弥助には読めない難しい字が、白い紙の上でのたくっている。

見たとたん、気味が悪いと、弥助は思った。形こそ札だが、これは魔を祓うものではない。そんな清いものではない。それどころか、邪《じゃ》を塗りこめてあるような、ひどく不快な気配がする。

　表面がぬめっているようにさえ見え、弥助は顔をしかめた。正直触れるのもいやだったが、しかたない。たぶん、これは妖怪を傷つけるものだ。だから、玉雪やあかなめ親父にかわってもらうわけにはいかない。そもそも、これを普通にはがせるのなら、あかなめ親父はとっくにそうしていたはずだ。

　覚悟を決め、弥助は札の隅に爪をひっかけ、一気に引きはがした。

　一瞬、ぴりっとした痛みが指先に走り、髪が燃えるようないやな臭いがした。だが、どちらもまばたきする間に消えてしまい、弥助は今のは錯覚《さっかく》だったのだと思った。

　手の中で、札はぐしゃぐしゃになっていた。もうあの不気味な気配は消えている。

　と、きゃあきゃあと歓声をあげながら、子あかなめ達がざくろ口をくぐって駆けこんできた。三人は湯船へと飛びつくや、長い舌で風呂垢をなめとりだした。よっぽど飢えていたのだろう。もう夢中だ。

　続いて、あかなめ親父がざくろ口をくぐってきた。

「いやあ、ありがてぇありがてぇ！　弥助さんのおかげで、あのいやな気配が消えやしたよ。これでやっと、いっぱい食わしてやれる。ほんと恩にきますぜ、弥助さん」

「ううん、いいんだよ。俺はもう帰るけど、もしまたはがしてほしい札があったら、呼んでおくれよ」

「ううっ。そいつはまた心強《こころづ》えこって。ほんと、ありがてえ」

拝まんばかりに感謝するあかなめ親父を残し、弥助は玉雪と共に風呂屋を抜け出した。

「よかったですねえ、弥助さん。あの子達も、あのぅ、これでもう飢えずにすみますものねぇ」

「うん。とりあえず、誰にも見つからずにすんだしね。ほっとしたよ。……だけど、こんな札、誰がはっつけたんだろ？」

丸めた札を、弥助はながめた。

「さあ、わかりませんねえ。でも、弥助さん、そんな札は、あのぅ、とっとと捨ててしまったほうがいいと思いますよ。あのぅ、あんまりいい感じがしないから」

「うん。俺もそう思う」

弥助が札を投げ捨てようとした時だった。

ふいに、ねっとりとした生臭い風が、弥助の首筋をなぶった。風は、不気味なささやきも運んできた。

「なん、だ、人間、か……」

弥助がばっと振り返った時には、風も声も消えていた。

「た、玉雪さん……今の声、聞いたかい？」

「声？　あのぅ、なんのことでしょう？」

「……ううん。なんでもない。た、たぶん、俺の空耳だよ」

いや、そうではない。あの声が空耳だったはずがない。その証拠に、弥助はびっしょり冷や汗をかいていた。

なんであれ、あの声の主は恐ろしいものだ。敏感な玉雪に気配すら感じ取らせず、弥助に近づいた。今回はすぐに去っていったが、もし戻ってきたら……。

恐ろしくなって、弥助は早口で言った。

「早く帰ろう。千にいが待ってる」

「あいあい」

玉雪はやんわりと弥助の手を取った。

次の瞬間には、二人の姿は風呂屋の前から消えていた。

三

「母ちゃんに会いたいの」

あどけない声で訴えてきたのは、赤い着物を着た子猫だった。三毛猫で、青々とした目は悲しげに潤《うる》んでいる。思わず抱きしめてやりたくなってしまうような、いかにも寂しげな風情だ。

子猫はりんと名乗った。

りんを連れてきたのは、同じように着物を着た子猫、くらだ。こちらはりんよりも少し大きく、毛は夜のように黒く、生意気そうな目をしている。

驚いている弥助に、くらははきはきと事情を語った。

「おいらもそうだけど、このりんは、もともとはただの猫だったんだ。でも、母猫がいなくなっちまって、それで……気づいたら、こういう変化《へんげ》になってたんだって」

「……そうなんだ」

母に会いたい一心が、りんを妖怪に変えた。妖怪達の間では、りんのことは有名らしい。健気《けなげ》だ。

かわいそうだ。

妖怪達は手分けして、りんの母のことを調べた。そして、ついに見つけたのだという。

「み、見つかったのかい？」

「ああ。もちろん生きちゃいなかったけどね。りんの母親は……三味線にされてたんだ」

どうやら餌を獲りに行ったところを人間に捕まり、皮をはがされ、三味線にされてしまったらしい。弥助はぞっとした。時に人は獣《けもの》や化け物より恐ろしいと、思い知らされた気がした。

そんな弥助にかまわず、くらは話を続けた。

「それでも、りんは母親のそばに行きてぇって聞かねえんだよ。母ちゃんの形見の三味線に、一目でいいから会いてぇって、そればっかりでさ。な？　気の毒な話だろ？　でもよ、その三味線は吉原《よしわら》の遊女が持っててさ。だからさ、あんた、りんを連れて、吉原に行っちゃくれねえかい？　りんを母親に会わせてやってくれよ」

弥助は首をかしげた。

「事情はわかったけど、それ、俺じゃなくてもできるんじゃないかい？　だいたい、猫って忍びこむのはお手のもんだろ？　自分達だけでどうにかできないのかい？」

「それがそうもいかねえんだよ。……場所が厄介なんだ」

「吉原が？」

くらの顔が奇妙に歪《ゆが》んだ。

「あそこは地獄だからな」

ぞわっと、部屋の中が一瞬暗く陰ったようだった。

「地獄……」

「そう。それも生きてる人間が生みだす地獄だ。女達の強烈な恨みやどろついた情念。男どもの生臭い欲望。そんなものがこりかたまって、すごい場所になってんだよ。りんみてぇな力の弱い変化なんか、あっという間に呑みこまれちまう」

「呑みこまれたら、どうなるんだい？」

「……そうなったら、もうりんは、りんではいられねえよ。別のものになっちまうんだ。今よりも、ずっと堕ちたものに……」

だからこそ弥助が必要なのだと、くらは言った。

「弥助は健《すこ》やかな魂《たましい》を持ってるからな。明るくて強い生気があふれている。それが、りんを正気に保ってくれる。人間の闇に立ち向かえるのは、人間の光しかねえんだ」

「つまり、俺は楯《たて》ってわけ？」

「そういうこと。どうだい？　頼まれちゃくれねえかい？　ここでりんを見捨てたら、男がすたるってもんだぜ？」

くらに熱心にかきくどかれ、弥助はうなずいた。

「わかったよ。でも、俺一人じゃ吉原は入れないよ？　くらが俺達を連れてってくれるのかい？」

「いいや。おいらは行かねえよ。行くわけねえよ、そんなとこ」

当たり前のようにふんぞりかえってくらが言うものだから、弥助は思わずその頭を引っぱたいてしまった。

「おい！　さんざんかっこいいことぬかしといて、それか！」

「違うんだって！　ほんと行けねえんだって！」

くらの黒い耳が、ぺたんと頭にはりつく。

「おいら、またたびは平気だけど、女の白粉《おしろい》にゃ、とんと弱くてさ。吉原で白粉の匂いのしねえとこなんて、ねえだろ？　だから……ごめんな、りん。一緒には行けねえんだ」

くらは申し訳なさそうに、りんに謝った。りんはかぶりを振った。

「大丈夫。りん、がんばるから。母ちゃんに会うまで、あきらめないから平気」

「ううっ。健気だよなぁ。なあ。子預かり屋のあんたもそう思うだろ？　なんとかしてやりてぇって思うよな？　な？　いでっ！」

押しつけがましいと、今度は千弥がくらを引っぱたいた。

弥助はため息をついた。

「まあいいよ。くらが運んでくれないなら、玉雪さんに頼むから。玉雪さん、運んでもらえるかい？」

いつもなら玉雪は二つ返事で請け負ってくれただろう。だが、今回は違った。丸い体を縮めながら、申し訳なさそうに言ったのだ。

「ごめんなさい。あのぅ、あたしもまだまだ弱すぎて……あのぅ、吉原には近づけないというか……」

「……吉原って、そんなすごいとこなんだ」

「そうだよ、弥助」

世にも渋い顔をして、千弥が口を開いた。

「本当なら、おまえを近づけたくもない場所だ。……本気で行こうっていうのかい？」

「う、うん。俺、子預かり屋だし、あの、りんがかわいそうだしさ」

「まったく。弥助はほんとに優しいね。……わかった。それなら、私が一緒についていこう」

「だめ！　絶対だめ！」

「そいつぁいけねえよ」

「あのぅ、よしたほうがいいと思いますよ」

弥助、くら、玉雪にいっせいに言われ、千弥は首をかしげた。

「なぜだい？　闇にとけこんで忍びこむばかりが、方法ってわけじゃあるまい。人間のように、堂々と大門《おおもん》をくぐっていけばいいだけだ。私なら吉原ごときの邪念《じゃねん》に呑みこまれることもないし、弥助のことも守ってやれる。適任じゃないか」

「そ、それは、まあ、そうなんだけどさ。ちょいと、あの、あんたみてぇのが行くような場所じゃないっていうか。いやもう、まいったなぁ。自分の顔にとんと自覚がないってぇのも、困りもんだなぁ」

「だめだよ。吉原って、女の人だらけなんだろ？　そんなとこに千にいが行ったら、大騒ぎになって、三味線どころじゃなくなっちまうよ」

「千弥さんは、あのぅ、もう少しご自分のことを知っておいたほうがよいかと。はい」

千弥はちっと舌打ちし、その舌打ちにみんな震え上がった。

「それなら、どうするっていうんだい？　最初に言っとくが、付き添いもなしで弥助を吉原へなんか行かせないよ？　それこそ、絶対に許さない」

これだけは絶対にゆずれないと、千弥は言い放った。

弥助はふたたびため息をついた。

まさか、吉原がそんな恐ろしい場所だったとは。まだまだ子供で、世慣れていない弥助には、吉原は、きれいな女の人がいっぱいいて、遊び人の男どもがどんちゃん騒ぎをする場所という認識しかなかったのだ。

「……久蔵はよく行ってるみたいだけど。あいつ、なんだってそんなとこに行きたがるかなぁ」

「それだ！」

はっとしたように、千弥が手を打ち合わせた。

「弥助、久蔵さんに頼んで、一緒に吉原に行ってもらうといい。あの人にとっちゃ、吉原は庭のようなものだからね。まさにうってつけだよ」

「えええっ！　久蔵に頼むのぉ？」

弥助は思いっきり渋い顔になった。

大家の息子、久蔵。歳は二十四だが、仕事はおろか親の手伝いさえせず、飲む打つ買うの三拍子をひたすら突き進む、とんだうつけ者だ。

弥助はこの久蔵が大嫌いだった。自分と千弥に、やたらなれなれしいからだ。

「こら、たぬ助。言っとくが、俺はおまえの恩人だよ？　俺が人並みのことを千さんに教えていなけりゃ、おまえなんか、いまだにかつおぶしを丸のましゃぶって、一日過ごしてたさ。ってことで、今夜は千さんを借りるよ。大人の付き合いってやつを、今度は教えなきゃならないからねぇ」

そう言っては千弥を外へ引っぱりだそうとするので、弥助はかっかしてしまう。またそうやって怒る弥助をからかうのが、久蔵は大好きなのだから始末が悪い。

狐《きつね》と狸《たぬき》の喧嘩《けんか》だねと、千弥は笑うが、弥助としてみれば久蔵は天敵。間違っても近づきたくはない。ましてや、頼み事だなんて、まっぴらだ。そんなことしたら、末代《まつだい》まで恩に着せるに決まっている。

だが、りんはもう泣きそうな顔をして、こちらを見つめている。弥助は天井を仰いだ。

「わかった。久蔵に話してみるよ。今から久蔵のとこ行ってくるから。りんとくらは、ちょっとこのまま待ってて」

くらは目を見張った。

「もうだいぶ遅いぜ？　今時分だと、人間は寝てるんじゃねぇの？」

「たいていの人間はね。でも、久蔵は起きてると思う」

確信を持って言ったあと、弥助は玉雪のほうを振り返った。

「玉雪さん、俺を久蔵のとこまで連れてってもらえる？　久蔵の匂いは覚えてるだろ？」

「いいですとも。でも、あのぅ、弥助さん一人で行かれるんですか？」

「千にいを久蔵に近づけたくないんだ」

「あ、なるほど……」

玉雪は微笑《ほほえ》んで立ちあがった。

「それでは、あのぅ、出かけましょうか？」

「うん。じゃ、千にい。行ってくるから」

「気をつけて行っておいで。それと、玉雪。もし久蔵さんがいかがわしい場所にいたら、弥助を連れて帰ってきておくれ。変なところに近づけさせるんじゃないよ」

ぴりっと、殺気を込めて言われ、玉雪はふくよかな顔をひきつらせ、ぶんぶんとうなずいた。

「わかっています！　ちゃんとわかっています！」

「ならいい。行っておいで、弥助」

弥助にはとろけんばかりの笑顔を向ける千弥。あいかわらず感情の起伏《きふく》が激しい。

ちょっと照れくささを感じながらも、弥助は玉雪と共に外に出た。

「それじゃ行きましょう」

玉雪の手が弥助の手を握ってきた。

次の瞬間、弥助達は小さな居酒屋の前にいた。なにやらにぎやかな声が聞こえてはくるが、かろうじて、いかがわしいところではなさそうだ。

ぐっと、弥助は体に力を入れた。

「そんじゃ、玉雪さん、ここで待ってて」

「あい。あのぅ……」

「なんだい？」

「あんまり、あのぅ、かっかしてはだめですよ。久蔵さんって、なかなかいい人だと思います」

「玉雪さんまでたぶらかされないでよ！」

文句を言いながらも、弥助は居酒屋へと入った。

中では、数人の男達が楽しそうに酒を飲んでいた。つまみを運ぶおかみと小女《こおんな》が、なにやらおかしそうに笑っている。その視線の先には、久蔵がいた。腹を丸出しにして、みょうちきりんな踊りを披露《ひろう》している。なるほど、これではにぎやかなはずだ。

弥助のこめかみがひきつりだした。久蔵を見ると、弥助のこめかみはぴくぴくするのだ。

それを我慢して、一歩前に踏み出す。

久蔵がこちらに気づき、目を丸くした。

「たぬ助じゃないか。なんだいなんだい。どうやって俺の居所を突き止めたんだい？……まさか、うちの親も一緒じゃないだろうね？」

おびえた目で弥助の後ろを窺《うかが》う久蔵。いかに悪行を重ねているか、そのしぐさでわかろうというものだ。

息を吸い込み、弥助は小さな声で切りだした。

「た、頼みがあるんだ」

へえっと、久蔵はのけぞった。

「おまえが、俺に？　こりゃまたびっくりだ。何事だい？　昨年の秋の家出を思い出すじゃないか。しかし、おまえも変わったねえ。前は俺と口きくことなんて、絶対になかったのにさ。ご解禁になった理由はなんだい？　ん？　ん？」

「う、うるさいな、もう！」

まあ、久蔵がそうからかうのも無理はなかった。

ほんの少し前まで、弥助は人と言葉を交わせなかった。正確に言えば、自分の〝声〟を異様に恐れていたのだ。千弥と妖怪達には平気でしゃべれるのに、人間相手だとどうもいけない。声が喉の奥でつまってしまう。

弥助自身、不思議に思っていたのだが、つい最近になって、ようやくその理由がわかった。幼い頃に味わった恐怖から、「自分の声は災《わざわ》いを呼ぶ」と思いこんでしまったのだ。

その記憶を取り戻したのは、決して心地よいことではなかった。だが、もう自分の〝声〟を恐れないでいいとわかった。

だから、弥助はできるだけ人と言葉を交わすように、がんばっているのだ。まだまだ声は小さいし、慣れないことではあるが、いずれは久蔵を大声で怒鳴りつけ、ぐうの音も出ないほど言い負かしてやりたいというのが野望だ。

そんな弥助の魂胆《こんたん》には気づかず、久蔵は肩をすくめた。

「ま、いいさね。ここじゃゆっくり話も聞けない。ついといで。おかみさん、二階、借りるよ」

「あいあい。好きに使ってくださいよぅ」

久蔵に連れられて、弥助は居酒屋の二階へとあがった。六畳ほどの座敷に入ると、久蔵はごろりと横になった。

「まあ、おまえも楽にするといいよ。ふう。腹踊りのしすぎで、腰が痛くなっちまった。女を喜ばせるのも楽じゃないねぇ」

久蔵の言葉に、弥助は下にいた小女を思い出した。歳は十七、八というところで、かわいい顔をしていたっけ。

「……今度は、あの娘さんを毒牙《どくが》にかけんのか？」

「おまっ！　なんてこと言うんだい！　毒牙だなんて、人聞きの悪い！」

「みんな言ってることだぞ」

「……口がきけるようになったらなったで、やなこと言うやつだ。だいたい、ひどい勘違いだよ。いいかい。この俺があんな若い子を相手にするもんかね。俺のお目当ては、ここのおかみだよ」

「……久蔵より年上に見えたけど」

「そこがいいんじゃないか。年増の色気ってのが、俺は大好きなんだよ。ま、おまえみたいな尻の青い小僧っ子にはわからんだろうがね」

それよりと、久蔵はうながした。

「おまえ、話があって来たんだろう？　千さんが一緒じゃないってことは、また家出かい？　悪いが、今夜はかくまってやれないよ。俺はこれから、ここのおかみを口説く気でいるんだから」

「違う！」

なんてやつだと思いながらも、弥助は吉原に連れていってもらえないかと話した。久蔵は目をひんむいた。

「吉原だぁ？　なんだいなんだい。おまえ、まだ十二かそこらだろ？　その歳でもう吉原？　なんてこった！　俺も相当ませてたけど、おまえにゃ負けるねえ」

「そ、そんなんじゃない！　ただ……その、ちょっと会いたい人がいるんだ」

「ははぁん」

久蔵がにんまりと笑った。

「なるほどなるほど。千さん一筋だったたぬ助にも、ようやく木の芽時が来たってわけだ」

「へ？」

「うんうん。わかるよぅ。俺も、おまえくらいの時はそうだったもの。年上の女が色っぽく見えてしかたなくてさぁ。そりゃぁ、うずうずとさぁ」

「ち、違う！　なに勘違いしてんだよ！」

「まあまあ。わかってるって。うん。そういうことなら協力しようじゃないか。明日、さっそく連れてってやる。そうだ。せっかくだし、千さんも一緒に……いやいや、やめよう。千さんが一緒にいたんじゃ、俺が女どもに相手にされないよ」

そうつぶやく久蔵は、千弥の正体を知らない。弥助も、知らせるつもりはさらさらなかった。

へらへらしているが、妙なところで度胸が据《す》わっている久蔵のことだ。驚きつつも、千弥が妖怪であることを受け入れてしまうだろう。それどころか、秘密を知ったら知ったで、これまで以上に、千弥にかまうに決まっている。

これ以上、自分達の生活に踏み込まれてたまるものか。

何があっても秘密を守ろうと、弥助は決めていた。

「誘ったって、千にいは行かないよ。そういうとこ、嫌いだもの。……俺も行ってほしくないし」

「まあねえ。確かに、千さんのような人は近づかないにこしたこたぁない。よし。やっぱりおまえと俺の二人だけで行くとしよう。太鼓《たいこ》長屋の近くの茶屋、あるだろ？　明日の昼《ひる》八《や》つ時《どき》、あの茶屋の前で待ち合わせしよう。まあ、俺にまかせとき。なんだって最初が肝心だ。おまえのお目当てがどんな女か、俺がちゃんと見極めてやるからね」

「ち、違うって言ってるだろ！　そんなんじゃない！」

「照れるな！　誰でも通る道なんだから。もし、その女がよくなかったら、俺がちゃんと他にいいのを探してやるよ。他にも色々見聞させてやるからね。むふふ。ついに、おまえも男になるんだねえ」

妙に嬉しそうに、久蔵はがしがしと弥助の頭を撫でたのだった。

それからしばらくあと、弥助は居酒屋から出た。外で待っていた玉雪は、弥助を見るなり驚いた声をあげた。

「どうしたんですか、弥助さん。あのぅ、顔色が悪いですよ」

「……」

「久蔵さんに断られたんですか？」

「ううん。明日連れてってくれるって、約束してくれた」

「それはよかったですね。……あのぅ、それならなぜ、そんなに落ち込んでるんです？」

「助平って思われた……女目当てだって……」

「あらま……」

やっぱり久蔵なんぞに頼るんじゃなかった。後悔先に立たずとはこのことだ。

弥助はがっくり落ち込んだ。もう今夜は何もする気になれない。

長屋に戻った弥助は、「また明日来てくれ」と、くら達を帰したあと、早々に布団をひっかぶってしまった。

玉雪から話を聞いた千弥は、ほほうと物騒《ぶっそう》に笑った。

「あいかわらず久蔵さんは余計なことをしてくれる。……今度こそ、口は災いのもとという意味を教えてあげなくちゃいけないようだね」

「……その時は、あのぅ、及ばずながら、あたしもお手伝いいたします」

玉雪もおずおずと言った。どこまでも弥助に甘い二人なのだ。

四

翌日の昼八《ひるや》つ時《どき》、弥助はいやいや茶屋の前に立っていた。昨日の今日で、また久蔵と顔を合わせる。考えるだけで、苦痛だ。

「なんで俺がこんな……」

ぶつぶつつぶやいていると、ゆらゆらと、道の向こうから久蔵がやってくるのが見えた。どうやら、居酒屋のおかみをうまく口説き落とせたらしい。やにさがった、なんともだらしない顔をしている。

「よう、来てたんだね、たぬ助。早いじゃないか」

「……おまえが遅れただけじゃないか」

「またその仏頂面かい？　それ、なんとかしたほうがいいね。俺みたいに、いつだって愛想よくするもんだよ」

「おまえみたいになるの、絶対ごめんだ」

「まったく、かわいげないがきだねえ。せっかく口がきけるようになったと思ったら、憎まれ口ばかりたたくんだから」

頭を振りながら、久蔵は「ついといで」と歩きだした。弥助は久蔵と並ぶのがいやで、はぐれない程度の距離を保って、ついていった。

そうして二人は浅草《あさくさ》へとやってきた。人のにぎわいを抜けて、大川《おおかわ》に出た。川を猪牙舟《ちょきぶね》で渡り、大きな土手へとあがった。土手はかなり幅広で、掛茶屋や辻売りなども並び、人通りも多い。

「ここが日本堤《にほんづつみ》だ。粋《いき》な旦那衆はここから籠《かご》で吉原まで行くけど、せっかくだから今日は歩いていこう。おまえには色々見物させてやりたいからね」

ははあ、懐《ふところ》が寂しいんだなと、弥助は判断した。

日本堤をずっと歩いていくと、ゆるやかな下り坂へとやってきた。くねくねと、蛇《へび》が大きくくねったような道で、両脇には茶店が立ち並び、非常ににぎやかだ。

「ここが衣紋坂《えもんざか》だよ。大門をくぐる前に、みんなここで襟を正すのさ。吉原で遊ぶ客の、たしなみってやつだ」

「ふうん」

よくわからなかったが、弥助はどきどきしてきていた。吉原は坂の下だ。ここからでも真っ黒な大門が見える。町人、武士、立派な籠が、次々とその門の向こうへと流れていく。早くもかすかな楽の音が聞こえ始めていた。今までに接したことのない雰囲気だ。

どぎまぎしている弥助の心を読んだかのように、久蔵がにやりとした。

「まだまだ。こんなもんじゃないよ」

二人は坂をくだり、大門へと近づいていった。吉原で唯一の出入り口、大門は立派だった。黒塗りで、威風堂々としている。

だが、うっと、弥助はひるんでしまった。吉原のまわりは、幅二間《にけん》はあろうかという溝ですっかり囲まれていたのだ。そこにたたえられた水は、どろりとした闇色をしていた。

「あれはお歯黒溝《はぐろどぶ》だ。女達のお歯黒や……色々なものが流しこまれた溝だよ。間違っても落ちるんじゃないよ」

久蔵の声は、さっきまでとは打って変わって、どこか暗かった。

ふいに、くらの言葉がよみがえってきた。

あそこは地獄……。

その地獄の闇を垣間見た気がして、弥助はぞっとした。水でもかけられたかのように、浮かれた気分が冷えた。思わず、懐に手をあてた。

「りん。大丈夫かい？」

にゃあっと、かすかな声が答えてきた。

久蔵と落ち合う前に、くらにりんを連れてきてもらったのだ。邪気《じゃき》の強い吉原では、小妖のりんは本来の子猫の姿に戻ってしまうという。それはそれで好都合だと、弥助は懐に子猫となったりんを入れてきたのだ。もし、誰かに見られても、これなら怪しまれないだろう。

「そっか。もう少しだ。辛抱《しんぼう》してくれよ」

ささやいたあと、弥助は改めて大門に向きあった。あのお歯黒溝を見たあとだと、なんだかこの間をくぐりたくなくなってしまった。だが、ここでひるむわけにはいかない。りんをおっかさんに会わせてやるんだ。

気合いを込めて、弥助は大門をくぐった。

中は、店がぎっちりと立ち並んでいた。一見普通の店に見えるが、ここに置いてある商品はみな〝女〟だった。

座敷の中で、金襴《きんらん》をまとい、つんと澄ました花魁《おいらん》達がいる。かと思えば、「寄ってって」と、黄色い声をはりあげる、白粉《おしろい》まみれの女郎達もいる。赤い襦袢《じゅばん》があられもなく見え、弥助は目を背《そむ》けた。あちこちにかけられた赤燈籠《どうろう》のなまめかしいこと。漂う匂いまでが甘く、そしてすえている。

客は男ばかりだ。人足風の男や流れ者。育ちのよさそうな若旦那や、大店《おおだな》の主《あるじ》らしい町人。編み笠で顔を隠した武士の姿もある。身分はどうであれ、みんなぎらついた目をしていた。女達を見る目が異様なのだ。

弥助は怖くなった。こんな男達を見るのは初めてだ。

と、久蔵が肩に手を置いてきた。弥助は、悔しいことだが、ほっとしてしまった。久蔵の手は温かくて、現《うつつ》の感触があった。それに、少なくとも久蔵の目はぎらついてはいなかったのだ。

「大丈夫かい？」

「うん……すごい、場所だね」

「ああ。おまえのようながきでも感じるんだね。これが吉原さ」

「……久蔵はここが好きなのかい？」

「……好きな時は好きさ。でも、どうしようもなくいやになる時もある」

久蔵の声はかすかにひび割れていた。この吉原に潜《ひそ》んでいるものをちゃんと知っているのだ。

と、気を取り直したように、久蔵は肩をゆすった。

「で、おまえの会いたい人ってのは、どこの誰なんだい？　ちゃんと居場所、わかってんだろうね？」

弥助はうなずき、くらから教えられたとおりに答えた。

「松菊楼《しょうぎくろう》の紅月《こうげつ》って人」

「松菊楼？　ああ、あそこか」

「知ってるのかい？」

「前に一度、行ったことがある。中の下ってとこかな。あの手の店にしちゃ、なかなかいい妓《こ》がそろってたっけ。そういや、紅月って女郎のことも小耳にはさんだことがあるね。なかなか鉄火《てっか》な女で、気に入らない客にゃ、流し目一つ、お世辞一言、言わないそうだよ」

芯《しん》のある女と見たと、久蔵は知ったような顔で笑った。

こっちだと、久蔵は人ごみの中を歩きだした。さすがというかなんというか、あちこちから声をかけられた。

「あれさ、若旦那じゃないの！　ひさしぶりだねぇ。よってっとくれよぉ！」

「おっ！　久さんじゃねえですかい！　うちの蜜波《みつは》花魁が寂しがってましたぜ。ご無沙汰するのもいい加減にしてくれなきゃなぁ。花魁の悋気《りんき》にさらされる、あっしらの身にもなってほしいもんでさ」

「あらま、いい男。ね、お兄さん。まけてあげるから、あがってって。ねえったら！」

千弥には劣るが、久蔵には華《はな》がある。なにより、千弥と違って、久蔵には人好きのする笑顔と、人懐こさがある。それが女も男も惹きつけるのだろう。

弥助はぼそりと言った。

「やっぱりここの常連なんだな」

「そんな常連ってわけでもないよ。……ここは外道《げどう》が集まる場所でもあるんだ。あんまり騒ぐと、たちの悪いのがすりよってくるからね。ちょいと息苦しい時もあるのさ」

「……なんかあったのか？」

「……おまえ、妙なとこで勘が鋭いねえ」

ふっと、久蔵が笑った。笑ったまま、早足となった。

弥助ははぐれないよう慌《あわ》てながらも、意外に思った。

あけっぴろげな久蔵にも、言いたくないことの一つや二つはあるらしい。いやいや、今は久蔵などどうでもいい。懐に入っているりんに、早く母親の形見の三味線を見せてやらなくては。

弥助は懐のりんが押しつぶされないように、そっと両手でかばった。

やがて、一軒の遊女屋の前にやってきた。そこそこの店がまえだ。

「ここが松菊楼だ。ちょいと待ってな。話をつけてくるから」

さっと、久蔵は店の中に入っていった。

一人取り残され、弥助は心細くなった。前を歩いていく男が、女が、みんなこっちを物珍しげに見て、笑っているような気がした。「おうおう。筆おろしかい。気張れよ！」と、ひやかしてくるやつらもいる。意味はわからなくても、頬が熱くなって、いたたまれなかった。

久蔵。何やってんだ。早く戻ってこい。

必死に願っていると、やっと久蔵が戻ってきた。

「話がついたよ。おいで」

久蔵と共に、弥助は松菊楼の二階へとあがった。廊下を歩く間、閉じられた障子《しょうじ》のあちらこちらから、うめき声や笑いのまじった嬌声《きょうせい》が聞こえた。

弥助は耳まで赤くなった。だから、座敷に通された時はほっとした。これで少しは安心だ。

座敷は十畳くらいで、これといった特徴はない。ただ、上座のほうには二枚、赤い座布団が置いてあった。

「今日はおまえと紅月を会わせるだけだからね。座敷遊びといっても、安いものさ。何か食いたいものがあるなら言いな。おごってやるよ」

久蔵はそう言って、自分は酒と肴《さかな》を注文した。何か頼まなくてはまずいと思い、弥助は握り飯を頼んだ。店の者におかしそうな顔をされ、一瞬、間違ったかと思ったが、もうここまでくれば腹をくくるしかない。

半ばやけくそで、弥助は座布団の上に座った。

やがて、「失礼します」と声がして、女が一人、お膳《ぜん》を持って入ってきた。

すっきりと痩せた女だった。遊女らしく、ぞろりと、あだっぽく着物を着崩しているが、不思議とだらしなくはない。そこそこきれいな顔をしているが、目は吊り気味で、そのせいできつい感じがする。

女はお膳を弥助達の前に置くと、丁寧《ていねい》に三つ指をついて、頭を下げた。

「紅月でございます。お呼びいただき、ありがとうございます」

ちょっとかすれた声だ。それが色っぽい。

ほうっと、久蔵が嬉しそうな声をあげた。

「松菊楼の紅月といったら、気性の荒い変わり者と聞いてたけど、なんだい、なかなかかわいいじゃないか。姐《ねえ》さん、こっちにおいで。さっそくお酌《しゃく》でも頼むよ」

紅月が顔をあげた。にこやかに微笑《ほほえ》む。その赤い唇が動いた。

「まっぴらごめんだね」

「へっ？」

「酒が飲みたきゃ、てめえで注ぎな」

目を丸くする久蔵と弥助の前で、紅月はがらりと豹変《ひょうへん》した。足を崩してそっくりかえり、目は敵意とさげすみで余計に吊りあがる。

「ふん。名指しだっていうから、ちょいと大人しくしてたんだけど。ああ、もう限界だ。いいかい、兄さん。おまいさんは、あたしがいっちばん嫌いなたぐいの男だよ。尻が軽くて、へらへらしてて。あたしがほしけりゃ抱くがいいさ。けど、酒が飲みたきゃ手酌で飲みな」

「うはっ！　や、やっぱり噂は本当だったのかい！　きつい女だねえ」

「噂を聞いて、ひやかしに来る客なんざ、ろくでもないからね。笑いかけてやるのももったいないよ」

ぽんぽんと、小気味よく悪態をつく紅月。たじたじとしながらも、久蔵は言い返した。

「おいおい。姐さん、勘違いをしてないかい？　今日の客は俺じゃないんだ。俺はただの付き添いでね。主役はこっちの小僧だよ。こいつがあんたに会いたいって言うから、ここまで連れてきてやったんだよ」

「そっちのぼうやが？」

じろりと睨《にら》むように目を向けられ、弥助はどぎまぎしてしまった。

紅月の目は強かった。少しも絶望に染まっていない、まっすぐな目だ。

きれいだと、思わず見とれていると、紅月がきつい口調でたたみかけてきた。

「もう！　いらいらするねえ！　がきとはいえ、あんた、江戸っ子だろ？　ちゃっちゃとお言いよ、ぼうや。あんた、なんだってあたしに会いたかったのさ？」

ようやく弥助は我に返った。

「三味線……」

「三味線？」

「うん。姐さん、三味線持ってるんだろ？」

「そりゃ持ってるよ。親に売られて、八つの時から吉原にいるんだ。それなりに芸も仕込まれているさ。なんだい？　聞きたいのかい？」

「うん」

「ふうん」

ちょっと驚いたように、紅月は弥助を見つめた。その顔から険《けん》が消えていく。

「あたしの三味線目当てに来る客なんて、初めてだよ。……それじゃ部屋から取ってくるから、ちょっと待っといで」

紅月は立ちあがり、座敷を出ていった。

「ふう。なかなかとっつきにくい女だねえ。ありゃ名物になるだけのことはある」

「……でも、きれいだ」

「あん？　なんか言ったかい？」

「な、なんでもない！」

「んん～？　おまえ、ちょいと顔が赤くなってないかい？」

「なってない！　うるさい！」

「あ、なんだい、その言い方ぁ！　誰のおかげでここまで来られたと思ってんだい！　閻《えん》魔《ま》様《さま》にその舌、引っこ抜いてもらいたいもんだ」

「それなら、久蔵はその性根を地獄の鬼達に叩きなおしてもらえばいいんだ！」

「言ったね、このがきゃ！」

紅月が戻ってきた時、弥助と久蔵はお互いの頬をぎゅぎゅぎゅっとつねりあっている最中だった。紅月が眉をひそめたのは言うまでもない。

「何やってんだい、二人そろってさ？」

「いや、これは……」

「なんでもないよ。それより、その三味線……」

「ああ。これがあたしの相棒さ。古いけど、今でもいい音なんだよ」

紅月は別人のように柔らかな顔で言った。その指先が愛《いとお》しげに三味線の弦を撫でる。

「弾いてもらえる？」

「いいともさ」

腰をおろし、紅月は三味線を弾き始めた。

しゃん。とんてんしゃん。しゃんしゃん。

ばちに弾かれ、三本の弦が美しく歌いだした。軽やかで、時に力強い。仕込まれたと言うだけあって、かなりの腕前だ。

だが、それだけではない。この三味線の音色には、他にはない響きがあった。温かくて、何かに呼びかけるようなひたむきさが込められている。

思わず惹きこまれかけた時だ。もぞもぞっと、弥助の懐でりんが激しく動いた。

「あっ！　だ、だめだ！」

弥助は押さえようとしたが、りんはその力をはねのけた。

びゅっと、弥助の腹から三毛の子猫が飛び出してきたものだから、酒を飲んでいた久蔵はひっくり返ってしまった。

「うわっ！」

「りん！　だめだって！」

だが、りんは聞かない。狂ったように目を光らせ、紅月の持っている三味線へと飛びついたのだ。

さすがの紅月も驚き、三味線を床に落として、あとずさった。

「な、なに？　子猫？」

「ごめん！　ほんと、ごめんなさい！」

もう弥助は謝るしかなかった。全身冷や汗をかいていた。かろうじて、りんが妖怪だとはばれていない。だが、まさかこんなことになるなんて。

なんとかして、りんを無事に逃がさなくては。

そのりんは、まわりなどまるで目に入らぬ様子だ。三味線にへばりつき、「なおーん、なおーん」と、必死で鳴きかけている。その声には尋常《じんじょう》ならざる響きがあった。

弥助には、りんがなんと言っているか、わかる気がした。

母ちゃん。母ちゃん。やっと会えた。母ちゃん。

胸を打つような子猫の鳴き声に、弥助は目頭《めがしら》が熱くなるのを感じた。

あふれそうになるものをこらえていると、久蔵がよろよろと立ちあがった。酒がこぼれたのか、股《また》のあたりがびっしょり濡れている。

「おまえ、そんなの連れてきてたのかい。あきれたねぇ」

「ごめん……」

「いや、別に怒っちゃいないけど、なんでまた……。ああ、くそ。とんでもないとこが濡れちまった。こりゃ、いけない。ちょいと下に行って、かわりの着物を借りてくる。紅月、一緒に来てくれるかい？」

「やなこった。たかが子猫一匹にみっともなく酒をこぼすようなぼっちゃんに、なんだってあたしが付き添わなきゃならないのさ」

「……そう言うと思ったよ。んじゃ、弥助のこと、ちょいと頼んだ。ただし、変な悪ふざけはしないどくれよ」

「わかってるよ」

上の空で紅月は答えた。その目はりんに注がれていた。

久蔵が出ていったあと、紅月はそっとかがみこんで、りんに手を伸ばした。とたん、りんは全身の毛を逆立てて、牙《きば》を剝《む》き出しにした。

「りん！」

弥助は慌てて叱ったが、りんは弥助にも唾を吐いてきた。自分を母親の三味線から引き離そうとするものは、誰であろうと、りんの敵なのだ。

紅月がかすれた声でつぶやいた。

「この子猫、いったい……あたしの三味線のどこが、そんな気に入ったっていうんだい？　それにこの声……なんだい。まるで親猫を呼んでるみたいじゃないか」

隠し通せない。

観念した弥助は、思い切って打ち明けることにした。他でもない、紅月の人柄を見こんだのだ。

「その猫、りんっていうんだ。で、その三味線は、りんのおっかさんの皮でできてるんだ。姐さんの言うとおりだよ。りんはおっかさんの形見に一目会いたくて、それで俺がここに連れて来たんだ」

「下手な嘘を言うんじゃないよ」

紅月はぴしゃりと言った。

「この三味線は古いんだよ。あたしの姐さんのを下げ渡されたんだからね。その子猫、産まれて二月かそこらくらいだろ？　この三味線に使われた猫の子なんて、ありえないじゃないか」

「でも、ほんとなんだ！」

ぎっと、弥助と紅月は激しく睨みあった。

先に折れたのは紅月のほうだった。その顔つきが急に弱々しいものとなる。

「それじゃ……その猫、ほんとにおっかさんだと思ってるのかい？　こんなくたびれた三味線を？」

「くたびれてたって……りんにとっちゃ、これがおっかさんなんだよ。おっかさんを思い出させてくれる、唯一の形見なんだよ。りんは……おっかさんのことが大好きだったんだ」

「子供は親を慕う、か……そうだね。そのとおりだね」

紅月は一瞬泣きそうな顔をし、その表情に弥助は胸がうずいた。そういえば、紅月は親に売られたと言っていなかっただろうか。

りんの事情を話すのではなかったと、弥助は後悔した。このことは、紅月の思い出したくもない記憶をほじくり返してしまったに違いない。

だが結局、紅月は泣かなかった。泣くかわりに、ふたたびりんに手を伸ばしたのだ。りんは怒ってひっかいたが、紅月はかまわずにりんを捕まえ、すっぽり袖《そで》で包みこんでしまった。そしてそのままそっと抱きしめたのだ。

「そっか。おっかさんに会いたかったんだね。寂しかったんだね」

優しい優しい声だった。母親を彷彿《ほうふつ》とさせる、いつくしみにあふれた声だった。

紅月になだめられ、りんは少しずつ鎮まっていった。

りんを抱いたまま、紅月は弥助に向き直った。

「ねえ、この子、あたしんとこに置いてってくれないかい？」

「えっ！」

「せっかくおっかさんの形見に会えたのに、また引き離したりしちゃ、かわいそうだ。だから、あたしがこの子を引き取るよ。そうすりゃ、この子、いつだっておっかさんと一緒にいられるだろ？　もちろん、ちゃんと面倒はみるからさ」

弥助はりんを見た。驚いたことに、りんは目を輝かせていた。もうすっかりその気のようだ。本気かよと、弥助は心の中で叫んだ。思ってもみなかった展開だけに焦《あせ》った。

「だけど、りんは……ちょっと、その、訳ありの子猫でさ……それであの」

だが、紅月は最後まで言わせなかった。

「訳あり？　大いにけっこうだね。こっちも訳あり女郎さ。訳ありと訳ありが一緒なら、もう無敵だよ」

かかかと、紅月は豪快に笑ってみせた。その笑顔の中に、弥助はしたたかな光を見た。強い光だ。人間の生きている強さだ。紅月のまっすぐな魂《たましい》が、小妖のりんを守ってくれるだろう。そして、りんのほうもきっと、紅月を守ろうとするに違いない。

ついに弥助はうなずいた。

「わかった。りんと姐さんがそれでいいなら……りんのこと、よろしく頼みます」

弥助はりんを残し、太鼓長屋《たいこ》へと戻った。待っていたくらにことの顚末《てんまつ》を話したあと、弥助はおずおずと言った。

「これでよかったと思うかい？」

「ああ。よかったと思う」

くらはうなずいた。だが、その顔は少し寂しそうだった。

「これでおいら、りんとは会えなくなっちまったけど……でも、りんは自分でそうするって決めたんだろ？　それなら、きっと幸せになれる」

「くら……」

「りんはさぁ、ずっとさ迷っていたんだ。おいらもずいぶん手を尽くしたんだけど、寂しいって気持ちをなくしてやれなかった。……うん。大丈夫だ。これからはずっとおっかさんと一緒だし……それに、その紅月って人のとこでなら、りんも幸せに生きていけるさ。ありがとな。ほんと色々ありがとな」

そう言って、くらは深々と頭を下げた。

照れる弥助の頭を、千弥が優しく撫でてきた。その感触に、弥助はふと思った。きっと今頃、りんも紅月にこんなふうに撫でられているに違いないと。

吉原の松菊楼という店に、変わり者の女郎がいた。口が悪く、愛想が悪い女郎で、飼っている一匹の三毛猫だけが友だったという。

そんな変わり者に飼われているせいか、その猫もたいそう変わっていた。主人の女郎が三味線を弾くと、嬉しげに鳴き始めるのだ。

それがまるで三味線に合わせて歌っているように聞こえるものだから、「猫のお囃子《はやし》」と評判になり、客がどっと来るようになった。

女郎はいきなり売れっ子になった。

客の中にはたちの悪いのもいたが、不思議なことに、そうした客はたいてい災難に見舞われた。喧嘩《けんか》に巻き込まれ大怪我を負ったり、商売でしくじったり。その女郎に下手なことをすると、必ず不幸にあうと、まことしやかな噂も流れたほどだ。

それから半年後、女郎は小間物問屋の旦那に惚《ほ》れこまれ、身請けされることになった。女郎は三味線と例の猫だけを連れて、吉原の大門を出た。

女郎が女房におさまった小間物問屋は、その後、とても栄えたという。

五

「助けてくれ！」

久蔵が切羽詰まった様子で言ってきたのは、吉原の一件から五日ほど経った日のことだった。

目をぱちくりさせている弥助と千弥の前で、久蔵は頭をかきむしった。

「親戚の家に行かなきゃならなくなった。俺一人じゃ荷が重いんだよ。頼むから、弥助、おまえ、一緒についてきとくれ」

「なんで俺が、久蔵の親戚の家になんか行かなきゃいけないのさ？」

「そうですよ、久蔵さん。てんで話が見えませんよ」

「説明してる暇はないんだよ、千さん。とにかく、夕暮れまでには必ず返すからさ。弥助、この前、吉原に連れてってやったろ？　借りを返すんなら今しかないよ」

意味不明のことをまくしたてる久蔵。その目は完全に据《す》わっている。

結局、理由のわからぬまま、弥助は久蔵に連れだされた。

連れて行かれた先は、女髪結《かみゆ》いの家だった。

「おこうさん。頼む！」

「あら、かわいいぼうやだこと。あいあい。まあ、まかせておくんなさいよ」

髪結いの手はすばやく動き、ぼうぼうだった弥助の頭を小僧らしい髷《まげ》にまとめてくれた。

次いで、こざっぱりとした藍縞《あいじま》の着物と前掛けを着せられた。

そうして身繕いされた弥助は、どこかの商家の丁稚《でっち》にしか見えなかった。

久蔵は満足げにうなずいた。

「うんうん。上出来だ」

そう言う久蔵自身も、すでに着替えていた。いつもよりも仕立ての良いものを身につけ、その上に羽織も重ねるという、よそいき姿になっている。

「ありがとさん、おこうさん」

「あいな。今後もご贔屓《ひいき》に頼みますよ」

髪結いの家を出ると、久蔵は大きめの風呂敷《ふろしき》包みを弥助に渡してきた。

「これ持って、あとからついといで」

「なんだよ、これ？」

「菓子折だよ。これから行く家への手土産さ」

「……なあ、何がどうなってんだよ？」

「これから芝居打ちに行くんだよ。おまえは、うちに奉公に来てる小僧役。だから、今日は俺のことを若旦那って呼びなさい」

「うげっ！」

「芝居だって言ってるだろ？　それとも、その歳で吉原に行って、鼻の下伸ばしてきたって、太鼓《たいこ》長屋中に言いふらされたいかい？　へえ、そんなに女の肌が恋しいってぇなら、いっちょあたしらが一肌脱ぐかいって、長屋のおかみ連中が夜這いをしかけてくるかもねえ」

「……わかったよ、若旦那」

「けっこう。それと、俺に話しかける時は、丁寧《ていねい》に言うんだよ」

「………」

「こら、返事はどうしたんだい？」

「わかりましたよ、若旦那！」

　やけくそで弥助は答えた。

　もう二度と、何があろうと、久蔵に借りなんぞ作るもんか！

久蔵が歩きだした。その二歩後ろを、弥助はとぼとぼついていく。

途中、我慢できなくて、弥助は口を開いた。

「きゅ……わ、若旦那。どうして、俺を連れてくんですか？　親戚の家に行くだけなんでしょ？　実家の奉公人を連れて行けばいいじゃない、ですか？」

「……そうはいかないんだよ」

冴《さ》えない顔のまま、久蔵はため息をついた。

「おまえ、俺のことを遊び人だと思うかい？」

「思う。きゅ……若旦那から遊び人をとったら、骨も残らないと思います」

きっぱりとした返事に、久蔵はちょっと傷ついた顔をした。

「そりゃ言い過ぎってもんだよ。まあ、確かに孝行息子たぁ、間違っても言えないけどね。これでも遊ぶ時には気をつけてるんだよ」

「きゅ……若旦那が？」

「そうさ。遊びってのは、人を傷つけず、相手も自分も笑えるように、粋《いき》にやるもんだ。少なくとも俺はそう思ってるよ」

ところが、そうじゃない者もいるのだと、久蔵は顔をしかめた。

「これから行く家には、息子が一人いる。俺にとっちゃ、はとこにあたるやつだ。こいつがもう、どうしようもないどら息子でね」

「若旦那にどら息子と言われたら、おしまいですね」

「ちゃかすんじゃないよ。ほんとのことなんだから。遊びと悪ふざけの区別もつかない、ろくでもないやつさ。こいつがどういうわけか、昔から俺にはりあってくるんだよ。同い年のせいかもしれないけど、俺のものをなんでもほしがるんだ」

小さい頃は、ずいぶんおもちゃや菓子を取られたと、久蔵は話した。

「そいつの母親が、これまたどうしようもなく甘くてさ。天下は息子中心に回ってるとでも思ってるらしい。息子のわがままをいいよいいよと許すから、息子はますます図に乗ってきてねえ」

「なるほど。わかってきた、いえ、きました。若旦那が遊び人になったから、そいつも遊び人になったんですね?」

「そのとおりだよ。俺がどこかの女郎と仲良くなると、すぐに金にものを言わせて、その女郎を買い占める。で、もうこの女は俺のもんだぜと、高笑いしやがるわけさ。こっちもいい加減いやになってきてね。吉原とか、決まったところに行くのはやめて、こっそり遊ぶようにしたわけさ。飲み屋も賭博場《とば》も、あちこち変えたし、いい人ができても、みんなに知られないようにした」

「そっか。そいつに目をつけられて、みんなが迷惑しないようにしたんですね?」

「そういうこと。こそこそするのは正直好きじゃないけどね。でも、俺がちょいと不自由するくらいは、どうってことない。そうしていれば、そんなに大事にはならないと、そう思ってたんだよ。……だけど、あの野郎、とんでもないことしてくれたのさ」

久蔵の目に怒りがひらめいた。

「ある時、噂が耳に入ったのさ。あのろくでなしが、よくない病気を患《わずら》ってるって。どうも遊びすぎが祟《たた》ったらしい。だけど、養生するどころか、あの外道《げどう》め、あちこちの女のところに余計に出入りするようになったというじゃないか」

気になった久蔵は、真相を確かめるために、はとこに会いに行った。そうして問い詰めたところ、はとこはとんでもないことをうそぶいたのだ。

「自分が元気になるために、女に病気を移してるんだって、野郎は言ったんだよ。こういう病気は、女に移してしまえばいいと聞いたって。だから、女を抱きまくってやるんだと」

「……最低だ」

「ああ、ほんとにね」

なるたけ揉《も》め事を起こさないようにしてきた久蔵だが、今回ばかりは腹にすえかねた。

思わず、はとこの頭を殴りつけた。

ひっくり返ったはとこをさらに蹴飛ばし、久蔵はわめいた。

「そんな魂胆《こんたん》で女の玉肌《たまのはだ》ただれさせようってのかい！　ふざけんじゃないよ！　墓場の骸《がい》骨《こつ》にも相手にされない半可通が！　てめえが病気持ちってことは、俺が責任持って、盛り場のみなさまに伝えさせていただくよ。夜鷹《よたか》から子守女にいたるまで、てめえのことを知ってるようにしてやるからね。命が惜しかったら、今後、女なんか買おうとしないこった。怖い兄さん達に大川に投げ込まれ、魚の餌にされちまうからね」

騒ぎを聞きつけて、どら息子の母親が飛びこんできた。だが、母親が何かわめくのもかまわず、久蔵はその家を飛び出したのだという。

ほうっと、弥助は目を見張った。

「かっこいいとこ、あるじゃないですか」

「意外そうに言うのはやめとくれよ。それに、俺がかっこいいんじゃないよ。そのどら息子があまりにどうしようもないだけさ」

「ん。それもそうか」

「……おい」

「で、どうなったんですか？」

「どうもこうも。大事な一人息子に怪我させたって、母親のほうが怒髪天《どはつてん》を衝《つ》く勢いでね。

俺の首、引き抜いてやるって、息巻いてたらしい。親父もお袋も、口では俺のこと馬鹿息子だのなんだのと言ってたが、そのわりにゃ顔が笑ってたからね。謝りに行けとも言わなかったし、俺ものうのうとしてたってわけ」

「なるほど」

「そうこうするうちに、馬鹿息子の野郎、病が進んで、ほんとにいけなくなったらしくてね。一時は、医者からも匙《さじ》を投げられたそうだ。やつの母親は半狂乱になって、今度は神だの仏だのに入れ込んだ。……かなり怪しげなのにも、けっこうな金を払ったっていうね」

その狂信的な願いが通じたのか、どら息子は命を取り留めたという。そして、以前のことを詫びたいから、ぜひとも久蔵に家に来てほしいと、最近になって頻繁《ひんぱん》に使いをよこすようになったのだ。

こうなると、久蔵の両親も無下《むげ》にはできない。ぷらぷら遊んでいた久蔵をひっつかまえ、「必ず見舞いに行って来い」と厳命を下してきた。

「そんなの、いつもみたいに無視しちまえばいいんじゃないですか？」

「ところが、今回ばかりはそうもいかないんだよ」

久蔵は世にも情けない顔となった。

「俺が行かなかったら、親父のやつ、勝手に見合い話を進めるって言うんだよ」

「へ？」

「見合いだよ、見合い！　いい加減な俺に所帯を持たせて、否が応でも分別を持たせるってんだよ。それだけは勘弁だ。俺はまだまだ落ち着くつもりはないんだからねえ」

「だから、見舞いに行くことにしたって？」

「そういうこと。背に腹はかえられないよ。行くと決めたからにゃ行くけど、だらだら長居する気はない。で、ここからが肝心だ。おまえ、俺が合図したら、腹痛起こしとくれ」

「へ？」

「芝居だよ。腹でも押さえて、のたうっとくれ。流行病《はやりやまい》かもしれないと俺が言えば、あの鬼婆、喜んで俺達を家から追い出しにかかるに決まってるからね」

なるほど。こういう悪知恵は本当によく働く男だと、弥助は感心した。

「だから、俺を小僧に仕立て上げたんだね、じゃなくて、ですね？」

「そういうことさ。うちの小僧を連れてったら、絶対あとでうちの親にしゃべるだろうからね。その点、おまえなら安心だもの。どうだい？　合点《がてん》がいったかい？」

「うん」

弥助は大真面目に答えた。

「下手すると、どこかのおじょうさんが久蔵の嫁さんになっちまうかもしれないってことだろ？　そんなの、あっちゃならないことだもの。おじょうさんの一生を台無しにしないために、俺、ちゃんとやるよ」

「……いちいち引っかかる言い方だが、まあ、いい。とにかく、よろしく頼んだよ」

弥助と久蔵はうなずきあった。


その家は、のどかな田園地帯にあった。

瀟洒《しょうしゃ》な造りの一軒家で、どら息子を養生させるために、わざわざ借りているらしい。江戸の雑踏は、もうここには届かない。木々に囲まれ、田畑が広がり、まるで別天地だ。

だが、そんな穏やかな景色すら、久蔵の目には入らぬようだった。

「……行くよ」

討ち入りするような顔つきで言ったあと、久蔵は家の敷居をまたいだ。

「ごめんください。久蔵です。おいくさん、いますか？」

はいはいと、答える声があり、奥から女が出てきた。歳は四十そこそこか。小柄な体を流行《はや》りの柄の着物で包み、髪も若造りな髷にし、珊瑚《さんご》玉《だま》の簪《かんざし》だの笄《こうがい》だのをしっかり挿している。もちろん、化粧も抜かりない。

久蔵の身内とあって、昔はかなりの美人だったに違いないが、どうも目つきがよくなかった。笑ってはいるが、人を人とも思わぬような傲慢《ごうまん》さが、ちらちらと垣間見える感じがした。

女は弥助には目もくれず、しなだれかかるように久蔵を迎えた。

「まあまあ、よく来てくれましたねえ、久蔵さん」

「どうも、おいくさん。いつぞやは大変な騒ぎを……」

「んもう！　いいのよ、そんなことは。ほらほら、あがってあがって」

「いえ、俺はここで失礼しますよ。太一郎《たいちろう》は病み上がりなんでしょ？　俺の顔を見て、ひっくり返ったりでもしたら気の毒だ」

「だめよ！」

びっくりするほど怖い声を、おいくは発した。その鋭さに、横にいた弥助は思わず飛び上がったほどだ。

「そんなこと言わないで。ね？　久蔵さんに会いたがってるのは、太一郎なんだから。あの子を元気づけると思って、後生《ごしょう》だからあがっていってちょうだい。ね？」

甘ったるい口調で言いつくろいながら、おいくは久蔵の袖《そで》をぎゅっとつかんだ。その桃色の爪が、妙に生々しく見えた。

久蔵はあきらめたように息をついた。

「それじゃ、お邪魔しますけど、迷惑にならないとこで帰ります」

「迷惑だなんて、とんでもないわ！　さあ、あがって！……あら、これは？」

初めておいくは弥助を見た。そこらの石ころでもながめるような目だった。

「こいつはうちの奉公人です。名前は……」

「どうでもいいわ。そんなことより、早く太一郎のところにね。ふふふ」

笑いながら、おいくは子供のように久蔵の袖を引っぱる。その姿はあだっぽく、吐き気がするほど醜《みにく》かった。

久蔵は仮面のように無表情だが、その目が怒っているのを、弥助は見てとった。弥助に対する無礼に、久蔵は腹を立てている。

正直、弥助だっていい気持ちはしなかった。このままあがらず、逃げてしまいたいと、心から思った。

だが、ここで久蔵を見捨てては、さすがに気の毒だ。りんのことで世話になったのは事実だし、やはり借りは返しておきたい。

弥助は頭を下げ、奉公人らしく気配を消しながら、久蔵とおいくのあとについていった。

通されたのは、奥の一間だった。立派な座敷だが、障子《しょうじ》もふすまも閉め切っていて、空気がこごっている。

さらに、どうしてか寒かった。病み上がりの人間がいるはずなのに、火鉢一つ、置いていない。今は弥生《やよい》の終わり。春とはいえ、まだまだ寒さが残っている季節だというのに。

そんな部屋の奥に、久蔵のはとこ、太一郎がいた。分厚い布団の中に横たわり、顔だけこちらに向けている。繊細な顔つきのおいくとはあまり似ておらず、どちらかというと骨太で、男っぽい相貌《そうぼう》だ。が、病み上がりのせいか、妙に色が白く、うつろな目をしている。

何も映していないようなその目に、弥助はもちろん、久蔵もぞっとした。

おいくだけが甘い顔をして、太一郎のそばに歩み寄った。息子のかたわらに座り、世にも愛《いと》しげにその頰に触れる。

「ほら、太一郎。久蔵さんが来てくれましたよ」

「うあ、はああ……」

赤ん坊のような声が、太一郎の半開きの口からこぼれた。

「ええ、そうよ。久蔵さん。思い出した？　小さな頃からずっと一緒だったでしょう？」

「ああ、うくぅ……」

「うんうん。久蔵さんからは色々もらったでしょう？　もらった竹とんぼ、ずいぶん気に入っていたのよねえ。覚えている？」

しきりに話しかけたあと、おいくは硬直している久蔵達のほうを振り返った。

「ごめんなさいね。ちょっとびっくりしたかしら？　太一郎、大病したせいで、ちょっと記憶があいまいになってしまってねえ。だから、早く思い出せるよう、こうして色々話しかけてあげるといいんですって。できるだけ知り合いにも会うと、回復が早まるって、お医者様がおっしゃっているの」

「……太一郎が会いたがってるって、そういう意味ですか」

「何か問題あるかしら？」

「……いいえ」

「そうよねえ」

にっと、おいくは般若《はんにゃ》のように笑った。それから、また息子に向き直った。

「ん？　なあに、太一郎？　そうよ。久蔵さんよ。五つくらいの時だったかしらねえ。久蔵さんが拾ってきた犬がほしいって、ずいぶんねだって。でも、うちに連れてきたら、その犬、太一郎を嚙んだのよ。飼い犬に手を嚙まれるって、あのことね。すぐに下男に言って、始末してもらったのよ」

「おおかた、太一郎が犬をいじめたからでしょうよ……あの犬の一件があって、俺は生き物を飼うのをあきらめたんだ」

おいくに聞こえぬような声で、久蔵はつぶやいた。

「それから、お正月。久蔵さんにおろしたてのよそいきを汚されたこともあったわねえ。久蔵さんに水たまりに転ばされたって、あなた、わんわん泣いて帰ってきて、もう大騒ぎになったわねえ」

「近所の女の子に泥をぶつけたからだよ。かわいそうに、その子、おっかさんが縫ってくれた着物を台無しにされたんだ」

またも久蔵はほとんど聞こえないほどの声で言った。

おいくはどんどん昔話を続けていく。このまま延々と話すつもりのようだ。

弥助は嫌悪感で顔がひくついた。話を聞けば聞くほど、この親子が嫌いになっていく。

もう限界だ。

「いたたたっ！　いたたたぁ！」

弥助は派手に声をあげ、腹を押さえて、こてんと床に倒れた。そのまま床の上を転げまわる。

「弥助！　どうしたんだい！　しっかりおし！」

芝居がかった久蔵の声に、弥助は吹き出しそうになってしまった。それをこらえるため、必死で顔を伏せ、さらにぎゅうっと体を丸めた。

おいくの声が聞こえた。

「なんなの！　何事です！」

「すみません、おいくさん。うちの小僧、数日前から腹の調子がよくなくて。薬を飲ませたんだけど、どうも効いていないようだ。……もしかしたら、流行病《はやりやまい》かもしれない」

「流行病ですって！」

とたん、おいくの声が剣呑《けんのん》になった。

「冗談じゃないですよ！　そんな人間を、うちに連れ込むなんて！」

「あいすみません。大丈夫だと思ったんだけどなぁ」

「あなたはいつもそうやって！　もういい！　帰ってください！　その子供を連れて、さっさと帰って！」

「はいはい」

久蔵が弥助を抱き上げた。弥助はその時だけ、そっと薄目を開けた。

おいくが見えた。太一郎の上半身を守るように抱きかかえ、こちらを睨《にら》みつけている。

太一郎はぐったりとして、母親のなすがままだ。

布団がめくりあがっていて、太一郎の腕が見えた。

弥助はぎょっとした。太一郎の白い手首には、ぐるりと巻きつくように、奇妙な紋様が描かれていたのだ。うねうねと、のたくっている蛇《へび》のような、気味の悪い紋様だ。見つめていると、腹の底のあたりがもぞもぞしてくる。

だが、それ以上は見ることができなかった。久蔵に運ばれ、部屋の外に出されてしまったからだ。

家の外に出ると、久蔵は弥助をおろして、「もういいよ」と言った。弥助は自分の足で立ちながら、ばつの悪い顔でもそもそ謝った。

「ごめん。俺、合図待てなかった。あれ以上、あそこにいたくなくて」

「当然だ。謝ることぁないよ。ちょうど俺も、合図を出そうとしてたとこだったしね。ああ、せいせいしたぁ。おいくさんと太一郎の前にいると、どんどん気分が荒《すさ》んでくるもんだから、まいったよ」

「……久蔵も、いやな思いをしてきたんだね」

「まあね。親戚は選べないからねえ。ともかく、おまえのおかげで助かったよ、弥助」

にこりと、久蔵は笑った。

「お礼に、今日はなんでも好きなもの、おごってやるよ」

「ほんとかい？　それじゃ草餅《くさもち》！　俺、草餅、どっさり食いたい！」

「お、いいねえ。弥生らしいじゃないか。そんじゃ、俺が贔屓にしてる茶店に行こう。ちょいと遠いが、歩く価値はあるよ。そこの草餅ときたら、老舗《しにせ》の菓子屋に負けないくらい絶品なんだから」

二人は元気よく歩きだした。おいくや太一郎のことが話題にのぼることはなかった。久蔵はもちろんのこと、弥助も、あの親子のことは考えるのもいやだったのだ。

そんなことより、草餅だ。薫り高いよもぎを、餅にほどよく練り込んで、平たく丸めた草餅。もっちりしっかりとした食感と、ほのかな甘み、よもぎの苦みがたまらない。あんこやきなこを一緒につけるという、贅沢《ぜいたく》な食べ方もある。

そういえば、よもぎには魔や邪《じゃ》を祓《はら》い、体を健《すこ》やかにする効力もあるという。ろくでもない親子の邪気にあてられた自分達には、草餅こそぴったりだ。草餅のことを考えるだけで、胸の中のもやもやが晴れていくような気がする。

そうして、弥助は、あっけなく太一郎の手首にあった紋様のことを忘れてしまったのだ。


久蔵達が出ていったあとも、おいくはしばらく罵《のの》り続けていた。毒に満ちた言葉が、紅をはいた唇から次々とあふれる。

目をぎらつかせながら、おいくはやがて腕の中の息子にささやきかけた。

「ねえ、思い出した、太一郎？　あれが久蔵よ。昔から、あなたをいじめてばかりいた憎らしいやつよ。憎いでしょう？　恨めしいでしょう？」

「うああ、ああ……」

「そうよ。本当にひどい男よ。あなたを殴って、病を重くさせた上、あちこちにあらぬ噂をふりまいてねえ。おかげで、親戚どもからさんざんひどいことを言われたわ。ほんと、卑怯《ひきょう》ったらないわ。だから、太一郎。早く元気になりなさい。――様もおっしゃっていたでしょう? 元通りになるには、怒りや恨みを思い出すのが一番いいんだって」

「く、くう、じょ……く、くぅ……」

「そう。久蔵よ。あいつに恨みを晴らすためにも、早く元気にならなくちゃねえ。……ねえ、太一郎。そうなったらね、久蔵が持っているものを、全部奪ってやりなさい。大丈夫。今度はおっかさんが手を貸してあげるから」

「おあ、さ……おは……ん」

「ええ、ええ。おっかさんはここにいますよ。どこにも行きはしませんとも。ああ、太一郎。あたしのかわいいかわいい太一郎」

うつろな目をしている息子に、おいくは愛しそうに頰ずりした。その姿は、あたかも幼い女の子が、人形を愛《め》でているようだった。

六

「早《はよ》う恋をなさいませ」

これが初音《はつね》の乳母《うば》の口癖《くちぐせ》だ。

「ばあやは姫様の成人された姿を見とうございます。今の童姿《わらわすがた》の姫様も、大変愛らしゅうございますが、乙女となられたらどんなに美しいことか。一日も早う、すてきな殿方と恋をなさいませ」

あまたのあやかしの中でも、華蛇族《かだぞく》は変わった性質を持つ。ある程度まで育つと、成長がぴたりと止まってしまうのだ。そして、誰かに恋をした時、その姿は大人へと変わる。

逆を言えば、恋をしない限り、子供の姿のままでいるということだ。現に、初音の大叔父の玄信《げんしん》は、齢《よわい》五百にして、八歳くらいの見た目でしかない。

「しかたなかろう。これぞという相手に出会えずにおるのだから。まあ、こういうことは流れにまかせるものよ。焦《あせ》ってもしかたなかろうて」

そう闊達《かったつ》に笑う大叔父が、初音は大好きだ。だが、焦らなくともいいという言葉には、うなずけない。やはり、恋をしてこその華蛇族なのだ。なにより、一族の一の姫たる自分がいつまでも童姿では、格好がつかない。

弟の東雲《しののめ》のほうが先に成人してしまってからというもの、さすがに初音も焦ってきていた。

恋がしたい。すてきな殿方と、身も心もとろけるような恋をし、母上様や従姉の姉様達のような麗《うるわ》しい大人の姿となりたい。

それなのにと、初音は恨めしく思った。

みなは初音のことを心配し、宴《うたげ》や四季折々の遠出にかこつけ、色々な殿方を紹介してくる。が、その殿方達はいまいちぱっとしない、初音の好みにあわない方々ばかりなのだ。これでどうして恋などできようか。

もううんざりだと、初音は思った。

「いい加減、口うるさく言うのはやめてちょうだいな、ばあや」

「何をおっしゃいますか。それもこれも、全て姫様のためでございます。玄信様のようになりたいのでございますか？」

「それはいやだけど……でも、もううんざりしてきたんですもの。花見も雪見も、ちっとも楽しくなんかないわ。だって、花や雪を見るより、みなが連れてくる殿方の名を覚えるのに必死になってしまうんだもの」

「それもこれも、姫様のことを思えばこそでございます」

「……本気で私に恋をさせたいの？」

「何を当たり前のことを。もちろん、姫様が恋をなさるまで、一族総出で力を貸す所存でございます」

重々しく答える乳母に、初音は言った。

「だったら、今度こそ私が恋できるようなお方を連れてきて。もうたくさんの人の中から選ぶのはいや。まるでばらまかれたお菓子を、拾い集めている気分になるわ。私がお会いしたいのは、これぞという方よ。その方が一人いれば、それで十分」

「……念のためお尋ねしますが、これまでお引き合わせした方々ではだめなのでございますね？」

「だめ」

「では、どんな殿方がようございますか？」

「そうね。どうせなら、うんときれいな人がいいわ。毎日見ていても見飽きないような」

「では、月夜公のような？」

「あれはいや」

初音はきっぱり言った。

「まとう空気がかみそりのように鋭いのだもの。あの人のそばにいたら、毎日心が削がれてしまいそう。あれくらいきれいで、もっと違う人がいいわ」

「むむむ。難しいことをおっしゃいますこと」

唸《うな》る乳母に、初音は愛らしく首をかしげてみせた。

「あら。恋をしろと言ったのは、ばあや達よ？　うるさく言っておいて、私の望みも叶えてくれないなんて、そんなひどいことしないわよね？」

「わ、わかっております。意地でも姫様が望むお人を、探しだしてみせましょう！」

乳母は力を込めて約束した。

数日後、遊びに来た友に、初音はこのことを話した。

「なるほどのぅ。この数日、華蛇族があちこちに遣いを出して、なにやら大騒ぎをしておると思うていたが、そのせいか。さすが恋に生きる華蛇よと、謳《うた》われることはあるのぅ」

愉快げに笑うのは、妖猫《ようびょう》の姫君。艶《つや》やかな深紅の着物に、雪白の髪がなんとも映える美少女だ。初音とは違い、この姫君は自分の意思で、自らの姿を十歳ほどに保っている。それだけの力を持つ大妖なのだ。

本当に美しいと、初音はいつもため息をつく。ことに、蜜《みつ》を思わせるような金の目の、なんと深く鮮やかなことか。「王蜜《おうみつ》の君《きみ》」という呼び名がこれほど合う者もいないだろう。

「王蜜の君。あなたは恋をしないの？」

「惚《ほ》れたはれたに興味はないのぅ。男子よりも、魂《たましい》集めのほうがおもしろい」

王蜜の君はにべもなく言った。実際、この姫君に恋をして成人した華蛇が何人もいるが、その恋が叶ったことはない。もったいないと、初音は思う。

と、王蜜の君が聞き返してきた。

「そなたの相手のことじゃが、種族は？　同族でなくてもよいのかえ？」

「私達華蛇は、種で伴侶《はんりょ》を選ばないの。人間だってかまわない。実際、これまでだって人間に恋した者は何人かいたわ」

「変わっておるのぅ」

「ねえねえ。あなたも、どなたか知らない？」

初音は王蜜の君にすりよった。

「みんなも血眼《ちまなこ》になって探してくれているけれど、どうせなら自分で探してみたいわ。自分で会いに行って、この目で見定めるの。そのほうがきっと楽しいと思うの」

「ふむ。どのような男子がよいのじゃえ？」

「それはもちろん、私が恋できるような方よ。美しい方。そう。あなたくらい美しい殿方」

「やれやれ。見目で相手を選ぼうとするところが、そなた、まだまだ子供じゃのぅ」

金の目を細めながら笑ったあと、王蜜の君はふと真顔になった。

「種族もかまわぬというのであれば、一人、知っておる」

「え？」

「そなたの言う美しい男子じゃ。わらわはそなたのように、容姿に興味はないがの。その男のことだけは、格別に麗しいと思うたわ。冴《さ》え冴《ざ》えとした白銀色の魂の持ち主で、あらゆるものを近づけぬ冬山のように気高かった」

「そ、そんな方がいらっしゃるの？」

「いる。ただし、それは昔の話であって、今は少々変わってしまったかもしれぬ。だいぶん、その者の境遇は変わってしまったからの。それでも会うてみたいかえ？」

「みたい！　会ってみたいわ！」

初音の胸はひさしぶりに高ぶった。この猫の姫君がここまで褒《ほ》める男とやらに、ぜひとも会ってみたい。もしかしたら、今度こそ恋ができるかもしれない。

運命的なものを、初音は感じていた。

「連れて行って、王蜜の君。私をその方のところへ。お願い！」

「わかったわかった。かわいいそなたのためじゃもの。わらわも力を貸してしんぜよう」

王蜜の君はゆったりとうなずいてみせた。


とんとん。とんとん。

戸を叩く音に、弥助は目を覚ました。

ああ、またか。また妖怪が来たのか。最近、多くないか？ 俺はあくまで、うぶめの代理って立場のはずなのに。うぶめのやつ。もしかして、俺に仕事をおっつけるのに、すっかり味をしめちゃったんじゃないか？ 今夜は玉雪さんも来ないって言ってたのに。

とんとん。

戸の音が、弥助の思いを遮《さえぎ》る。

「ふへえい」

眠いのを我慢して起きあがり、目をこすりながら戸を開けた。その瞬間、眠気がふっ飛んだ。

戸の向こうにいたのは、八歳くらいの幼げな少女だった。薄紅《うすくれない》色の衣をまとい、絹のような髪を異国風に結いあげ、白珠《はくじゅ》と金の髪飾りをたくさん挿している。

白磁《はくじ》のようななめらかな肌に、ほんのりと匂い立つような頬、ゆすらうめのような朱の唇。目は涼しく、どことなく青みをおびている。

こんな美しい少女を見るのは初めてで、桜の精がそこに現れたのかと、弥助は思ってしまった。

だが、その桜の精は弥助を見るなり、眉をひそめたのだ。

「あなたが白嵐様？」

「え？　あ？　ち、違うよ。俺は弥助」

「よかった！　そうよね。そんなはず、あるわけないのに。私ときたら、びっくりしてしまって。いやだわ」

安心したように、ころころと笑う少女。とてもかわいらしいが、なぜか弥助はむかっとした。なんだろう。今、馬鹿にされたような気がする。

だが、弥助の気持ちなどおかまいなしで、少女は話しかけてきた。

「私は華蛇の初音姫。白嵐様に会いに来たの。いらっしゃる？」

そう言いながら、初音と名乗った少女は滑るように家の中に入ってきた。家を見まわし、驚いたような声をあげた。

「ずいぶんと狭くて、汚いところね。こんなところに住めるなんて、人間ってすごいのねえ」

「わ、悪かったな。これでも毎日そうじしてるんだぞ」

「まあ」

初音は目を丸くしながら、弥助を振り返ってきた。

「あなた、ずいぶん粗野《そや》なのねえ。私にそんな口をきく妖怪なんて、いなくてよ。……でも、人間だものね。許してあげるわ」

「……そりゃ、どうも」

もはや怒る気にもならず、弥助はため息をついた。どうやら、この少女は良いところのおじょうさま妖怪で、てんで世間知らずらしい。

「あんたみたいなのが、なんだってここに来たりしたんだい？　きっと家来とか乳母とか、たくさんいるんだろ？　子預かり屋に来る必要なんか、ないだろうに」

「子預かり屋？　違うわ。さっきも言ったでしょう？　私は白嵐様に会いに来ただけよ」

「そんなやつ、ここにいないよ」

ぱちぱちと、初音はまばたきした。

「そんなはずはないわ。王蜜の君は確かに、ここに白嵐様がいらっしゃるって、言っていたもの」

「だから、白嵐様なんかいないって……あっ！」

ここで、弥助はようやく思い出した。確か白嵐とは、千弥のかつての名ではなかっただろうか。

「あのさ、それって千にい、千弥のことかい？」

「千弥？　私は白嵐様としか聞いていないわ。すごくおきれいな大妖で、今は人界で暮らしていらっしゃるって」

「うん。やっぱり、あんたが探してるのは千にいだよ。今は千弥って名前で、ここで暮らしてるんだ」

「あら。では、やっぱり王蜜の君が正しかったのね」

初音は嬉しげに手を叩いた。

「それで、白嵐様は？」

「千にいなら、ちょっと出かけてる。……久蔵っていう馬鹿野郎に連れだされたんだ。今夜は遅くなるかもしれないって言ってた」

ぷくっと、初音のきれいな頬が膨《ふく》れた。

「せっかく来たのに、会えないで帰るなんて、いやだわ。……いいわ。私、このまま待たせてもらうから」

「えっと……それって、家の人達が心配するんじゃないかい？　あんた、一人で来たんだろ？」

「大丈夫よ。みなには、王蜜の君の館に泊まると言ってきてあるから」

「でも……いったん帰ったほうがいいと思うけどな」

「いや。帰らない」

初音は頑固につっぱね、弥助はふたたびため息をついた。姫君だけあって、一筋縄ではいかないようだ。

「じゃあ、まあ、好きにすればいいよ。……あのさ、家の中、好きにしていいから。俺、もう寝るから」

「だめよ」

「はっ？」

「白嵐様がお帰りになるまで、あなた、私の相手をしなさい」

「なんでそうなるんだよ！」

「だって、こんなところでは、なんの遊びもできないわ。琴《こと》も奏でられないし、退屈だもの。あなたが相手をしてくれれば、少しは退屈しのぎになるわ」

「……やってらんない」

「断るつもり？　人間風情《ふぜい》が、華蛇の姫の願いを？」

初音の愛らしい顔に、ぞくりとするような凄味《すごみ》が宿った。青みをおびた目が光りだしたものだから、弥助は慌《あわ》てて降参した。

「わ、わかったよ。千にいが帰ってくるまで、付き合うからさ」

「それでいいわ。いい子ね、弥助。さ、こっちに来て」

心の中で泣きながら、弥助は初音の前に座った。

「さあ、話してちょうだい」

「話すって、何を？」

「白嵐様のことよ。いったい、どんな方？　王蜜の君の言うとおり、きれいな方かしら？」

「うん！」

それだけは胸を張って言えた。

「千にいほどきれいな人はいないよ。俺の中では一番だ」

「月夜公よりも？」

「月夜公は、つんけんしすぎてるよ。その点、千にいはさらりとして、全然気取ってないし。ああいうのをほんとにいい男っていうんだ」

「肌は白い？　目はどんな感じ？　髪はどのくらいの長さで、質はどうかしら？　艶があって、柔らかいかしら？」

目を輝かせて、初音は矢継ぎ早に問うてきた。その一つ一つに、弥助は答えていった。大好きな千弥のこととなれば、自然と言葉は豊かに、声にも力が入っていく。

聞きたかったことをあらかた引き出したあと、初音は満足そうに微笑《ほほえ》んだ。

「弥助の話が本当なら、白嵐様って、期待以上のお方のようね。髪を剃ってしまわれているというのは残念だけど、まあ、髪など伸ばしていただけばいいだけだし。ああ、早くお会いしたい！」

うっとりと、頬を染める初音。弥助はふと気になった。

「あのさ、千にいに会って、どうするつもりだい？」

「もちろん、私が恋するにふさわしいお方かどうかを見定めるのよ」

「恋ぃぃ？」

すっとんきょうな声をあげる弥助に、初音は首をかしげた。

「あら、私、言っていなかった？　私、恋をしたいの。恋をしないと、大人になれないから」

「べ、別に、恋なんかしなくたって、歳を重ねりゃ、普通に大人になれるだろ？」

「それは普通の人間や妖怪の話。華蛇一族は違うの」

ふふっと、初音の目が潤《うる》んだ。

「もし、白嵐様が本当にすてきな方だったら、婿《むこ》になっていただくつもりよ」

「千にいを！　婿に！」

「そうよ。私は華蛇の姫。その婿になれるのだもの。これは文句のつけようのない縁談よ」

ところが、文句大ありの者がここにいた。弥助はど肝を抜かれるやら、頭に来るやらで、顔が真っ赤になっていた。

「ちょっと待てよ！　いきなり押しかけてきて、千にいを婿にするなんて、勝手すぎるだろ？」

「あら、まだ婿にするって決めたわけじゃないわ。私が気に入らなければ、もちろん、この話はなしだもの」

その言い方が弥助の怒りをあおった。ますます気に食わない。

「なんなんだよ！　どこの姫だか知らないけど、勝手なことばかり言いやがって！　千にいがおまえなんか好くわけない！　おまえみたいな、相手のことをちっとも考えない娘なんて、絶対に断るに決まってる！」

うっとりしていた初音の目が吊りあがった。

「無礼者！　人間の分際で私にそんなひどいこと、よくも言えたものね！」

「うるさい！　おまえなんか帰れ！　とっとと帰れよ！」

弥助は初音を戸口に押しやろうとした。とたん、手にひどい痛みが走った。初音のかわいらしい爪が、手の甲の肉をえぐったのだ。どくどくと血が流れ出し、弥助は慌てて傷口を押さえこんだ。

初音の目は今やらんらんと光っていた。

「よくも私に……この華蛇の初音姫に狼藉《ろうぜき》を働こうとしたわね。おまえの首をねじきって、館に持って帰ろうかしら。私の庭の牡丹《ぼたん》に、おまえの血を吸わせてやってもいいわ。きっと、とてもきれいな緋色の牡丹が咲くはずよ」

ぬるりと、初音の手が弥助のほうに伸びてきた。

殺される！

腹の底から恐怖を感じた時だ。戸が破れるような勢いで開き、千弥が飛びこんできた。

「弥助！」

千弥は初音を突き飛ばし、弥助に駆け寄った。

「千にい！」

「大丈夫かい？　血の匂いが……ああ、大丈夫なのかい？」

「大丈夫。俺は大丈夫。ちょっと引っかかれて、血が出てるだけだから」

「すぐに手当てをしよう。膏薬《こうやく》があったはずだね？」

ばたばたと、千弥は慌ただしく動きだした。その彼を、初音は床に膝をついたまま、まばたきもせずに見つめていた。

最初、初音はかんかんに怒っていた。人間の子供に無礼なことを言われた。さらに、後ろから突き飛ばされた。こんな痛みと屈辱を味わうのは初めてだ。

だが、千弥を見たとたん、怒りも痛みもどこかへ飛び去ってしまった。

美しい。王蜜の君や弥助が話してくれた以上の美しさだ。これまでに出会ったどんな殿方にもない、独特の気をまとっている。動転し、心配そうに弥助を見下ろすその横顔は、ぞくぞくするほどだ。

弥助になりたいと、初音はうらやましくなった。あんなふうに千弥が心配そうな顔をしてくれたら、もう天にも昇る心地だろう。

初音はむさぼるように見つめ続けた。が、千弥は弥助の手当てに忙しく、初音をちらとも顧《かえり》みない。

無視されることに、初音は慣れていなかった。だから立ちあがり、甘く呼びかけたのだ。

「白嵐様」

ようやく千弥が振り返った。目を閉じたまま、無表情で初音のほうに顔を向ける。初音はどきどきしながらも挨拶をした。

「お初にお目にかかります。華蛇の姫、初音と申します。私、あの、私……」

言葉が途切れてしまった。こんなことは初めてだ。

これが恋というものかしらと、初音が期待に胸躍らせた時だ。千弥がやっと口を開いた。

「華蛇の姫が、なんの用だ？」

吐き捨てるような、冷たい声だった。体の芯《しん》が凍りつくような一声に、初音はようやく我に返った。

どうしよう。白嵐様は何か怒っていらっしゃるんだわ。どうしてかわからないけれど、ここは私が謝っておこう。

とろけるような笑顔を、初音は作った。

「いきなりお訪ねして、ごめんなさい。私、白嵐様のことを聞いて、矢も楯《たて》もたまらず会いたくなってしまって……お会いして、わかりました。あなたこそ、私の殿となられる方です」

「……」

「どうぞ、私と共に館に来てくださいな。私、私、きっとすぐにあなたに恋をします。そうなったら、祝言《しゅうげん》を挙げましょう。私達、それは美しい夫婦になれると思います。あ、その前に髪。髪は伸ばしてくださいね。きっとすてきでしょうから」

初音の熱心な言葉を、千弥は黙って聞いていた。その白皙《はくせき》の美貌はまったく動かない。どうしてだろうと、初音は不思議に思った。

「どうして黙っていらっしゃるの？　私がこんなふうに幼いから、気にしていらっしゃるの？　でも、恋さえすれば、私、あなたに釣り合う年頃になれますから。それに、乳母やみなに言われているのです。成人すれば、絶世の美女になるだろうって」

「……」

「ああ、もしかして、力のことを気にしてらっしゃるの？　ええ、あなたが妖力の全てを失っているというのは聞いています。でも、大丈夫です。私の夫になれば、それ相応の力も授けられます。だから、気になさることなど何もないのです。あなたはちゃんと、私にふさわしい方になれますから」

「……言いたいことはそれだけかい？」

「えっ？」

きょとんとする初音を、千弥はふっと笑った。壮絶な侮蔑《ぶべつ》の笑みだった。

「やれやれ。鼻持ちならない小娘のたわごとを聞くのが、こんなにも苦痛なものだとは思わなかったよ。恋？　祝言？　知ったことじゃないね。おまえごときが私を射止めようとするなど……笑止千万だよ」

「え？　あの？　何を言っておられるのですか？」

言われている意味がわからず、初音はおろおろした。本当にわからなかったのだ。

千弥の恐ろしい笑いが深くなった。

「まだわからないとは、どこまでも愚かな子だ。私は目が見えない。だから、おまえがどんなに美しい顔をしてようと、興味はない。おまえはただの招かれざる客で、なにより私の大事な弥助に怪我までさせた。……はらわたが煮えくりかえるが、生かして帰してやろう。かつて、華蛇の長《おさ》には助けられたことがある。そのよしみだ」

「……」

「殺されないだけましと思うがいい。とっととお帰り、愚かな小娘」

初音は真っ青になって、あとずさりをした。やがて、ぷるぷると震えだした。

「違う。白嵐様はそんな……そんな冷たいことを言うような方ではないはずです。こんなの、白嵐様らしくありません」

「あいにく、これもまた私の性《さが》だよ。どうでもいい相手にまで優しくしてやるような、そんな良い性格ではないものでね」

「でも、そんなの、あなたにふさわしくない」

「いい加減にしないか！」

千弥は一喝《いっかつ》した。ひいっと、のけぞる初音に、鋭く言葉を叩きつけていく。

「ふさわしいだの、ふさわしくないだの、いちいち不愉快だね！　自分の理想に、誰かをはめこむなど、言語道断だよ。無礼にもほどがある。おまえはやたら恋だなんだとほざいていたね？　だけど、その実、少しも私のことを考えていないじゃないか。考えているのは自分のことばかり。その薄っぺらな恋心とやらには吐き気がする」

「そんな、ひどい……」

「誰かを愛《いとお》しく思うなら、まずは自分がその相手のために変わるべきだろう。少なくとも私はそうしたよ。かけがえのないものを手に入れるために、自分を変えた。今でも、大事な相手をどうやったらもっと幸せにできるだろうと、日々考えに考えている」

「……」

「それが愛しむということだ。おまえにそれができるかい？　否。できないだろうね。おまえは恋に恋しているだけだもの。では、私はおまえのために変われようか？　否。おまえごときにそんな価値はない。おまえのために変わってやる気など、微塵《みじん》もない」

おまえなどいらないと、千弥は刃《やいば》のような鋭さで言い放った。

「帰れ！　とっとと消え失せろ！」

うわああっと、ものすごい声をあげて、初音は逃げていった。きっと自分の館に戻って、目が溶けるほど泣きじゃくるのだろう。

その姿が目に浮かび、弥助は思わず言った。

「いくらなんでも……今の言い方は邪険《じゃけん》すぎたんじゃない？　確かにちょっといかれた感じはあったけど……あんなかわいい子にあんなひどいこと言えるなんて、千にいくらいだと思う」

千弥はむっとしたような顔になった。

「それを言うなら、弥助、おまえはどうなんだい？」

「俺？」

「そうだよ。姫はかわいかったんだろう？　かわいいから、恋をしたかい？」

「ええっと……すっごくきれいでかわいかったけど……好きになれなかった」

「私も同じさ。あの娘には中身がない。ましてや、弥助を傷つけた。これでどうして好きになどなれようか。ああ、本当に忌々《いまいま》しいよ。華蛇の長に借りさえなければ、あの娘、引き裂いてやったものを」

「おやおや。それでは、長に感謝せねばなるまいね」

艶めいた声が響いたかと思うと、ふいに二人の前に十歳くらいの少女が現れた。

豪奢《ごうしゃ》な深紅の衣をまとい、純白の髪をたなびかせた少女だ。華やかな美貌の持ち主で、謎めいた金の双眸《そうぼう》がことのほか美しい。見た目は幼いのに、傾城《けいせい》のごとき色気と気品、そして強さがある。

この少女に比べれば、あの初音でさえ青臭いただの小娘だ。弥助はそう思いながら、新たな美少女に見惚《みほ》れてしまった。

だが、千弥は違った。苦虫を噛み潰したような渋い顔となったのだ。

「この性悪猫め。おまえの差し金だったのか」

「そういうことじゃ、白嵐。まあまあ、そう怒るでない。そなたの大事な養い子が手傷を負うたことは、このとおり、詫びるから。すまぬな、弥助。初音があんなことをするとは、露《つゆ》ほども思わなんだ」

そう謝りながら、少女は弥助の傷ついた手を取り、軽く口付けした。

とたん、弥助は痛みが消えるのを感じた。押さえていた布をとってみれば、もはや傷などどこにも見当たらない。

「あ、ありがと」

「いやいや、礼などいらぬ。わらわのせいとも言えるからの。しかし、白嵐。人間になるとは、不便よのぅ。以前のそなたであれば、まばたきする間もなく、それくらいの傷は癒せたであろうに」

「そうだね。力を失って何がつらいと言って、弥助が病気や傷を受けた時、すぐに治してやれないのがつらいね」

大真面目で答えたあと、千弥は厳しい顔つきとなった。

「そんなことより、まだわけを聞いてないよ。あんな小娘をたきつけて、ここに来させるなんて。なんだってこんなことしたんだい？」

「あの子の目を覚ましたかったのじゃ」

静かな口調で、少女は答えた。

「華蛇一族は、容姿にばかり目が行き過ぎて、不幸な夫婦ができあがることも多い。わらわは初音が気に入っておるからの。そういう婚姻《こんいん》だけはやめてほしかったのじゃ。じゃが、これはいくら口で言っても、わかってもらえぬ。そこで、そなたのことを思い出した。見た目などたいした意味など持たぬことをわからせるには、そなたに会わせるのが一番と思うての」

結果は想像以上であったと、少女はにやりと笑った。

「さすがじゃ。そなたなら、手ひどく初音姫を振ってくれると信じていたが、まさかあそこまでやりこめるとは。ようやってくれたものよ。これで初音姫も少しは懲《こ》りたであろうよ。もしやすると、今後は美男嫌いになるやもしれぬ。まあ、それもよいわえ。良薬口に苦しというものじゃ。いや、この場合は、毒を以て毒を制すというやつか」

「人を毒扱いするとは、いい度胸だね」

「怒るな怒るな。せっかくの男前が台無しじゃぞえ。それに、わらわはそなたと本気でやりあうつもりなど、毛頭ない。そなたとてそうであろう？　そなたとわらわ、それに仮面の白狐《びゃっこ》は、古きなじみじゃもの」

「…………」

「さて、わらわはそろそろ失礼する。もう初音も館に着いた頃じゃろう。かわいそうに。今頃泣いておろうよ。慰めに行ってやらねば」

「ああ、とっととどこへでも行っておしまい」

冷たく言われても、少女は怒らなかった。ふわりと身を遠ざけながら、ふと千弥に声をかけた。

「ところで、そなたの魂、変わったの」

「そうかい？」

「ああ。かつては寒々とした光であったのに、今では芯のほうで、温かな優しい光が燃えておる」

「…………」

「よかったの、白嵐。そこの弥助に出会えてよかったのぅ」

にこりと微笑んだあと、少女は姿をかき消した。

嵐が過ぎ去ったあとのように、部屋の中が静かになった。弥助はふっと息をついた。

「なんか……すごい妖怪だったね」

「あれはほんとに……昔からああなんだよ。とりとめもなくて、気まぐれで……」

「でも、いやな感じはしなかったよ」

「そうだね。少なくとも、初音姫とは違うね。あれのほうがもっと誇り高いし、信念というものを持っている。しかし……いやはや、とんだ騒動だったね」

「うん。千にいがからむと、修羅場《しゅらば》って感じだね」

笑いながらも、弥助は何か大きなことを学んだような気がした。

恋は自分のためにあるもの。愛は相手のためにあるもの。愛ならば、もう知っている。

では、恋は？　いつか自分も恋をすることがあるのだろうか？

そんなことを考えつつ、弥助は千弥に呼びかけた。

「……千にい」

「ん？」

「ありがと。俺のために変わってくれて。あの、お、俺も、千にいのために変わってみせるから。千にいのこと、ほんと大好きだから」

言ったあとで、弥助は真っ赤になってしまった。千弥がそれはそれは嬉しそうに笑ったからだ。

七

卯月《うづき》に入ると、ぐっと暖かくなってきた。桜も散り、そのあとにはうわっと若葉が萌え始める。

そんな春の夜、ひさしぶりに弥助のところに梅吉が預けられてきた。

梅妖怪の梅吉は、青梅そっくりの緑の肌をしている。だが、祖母の梅ばあは梅干しそっくりの赤いしわくちゃな顔をしているので、歳をとれば梅吉もそうなるのだろうと、弥助は踏んでいる。

梅の妖怪とあって、背の高さは一寸半ほど。小さいくせに、威勢のいいことをぽんぽん言う、なかなかの利かん坊だ。弥助が子預かり屋として最初に預かった子妖怪であり、よき友でもある。

だが、その夜の梅吉はどうも浮かない顔をしていた。

むっつりと黙りこんでいる孫を預けながら、梅ばあは「くれぐれも頼んだ」と、念を押してきた。

「朝までには迎えに来ますんで。それまで絶対に梅吉を外に出さんでくだされ。ええですね？　絶対にですよ。頼みます」

いつにない執拗《しつよう》さに、弥助はおかしなものを感じた。

「わかったけど……何かあったのかい？」

「……最近、子妖怪があちこちで姿を消してるんですよ」

梅ばあのしわくちゃな顔が、いっそうしわくちゃになった。

「ほんとにあちこちで消えてるもんだから、神隠しのようで。気配も匂いも、ぱたっと絶えて、そのまま見つからないんですよ。妖怪奉行所の月夜公様と烏天狗《からすてんぐ》達も、血眼《ちまなこ》になって捜しているのに、糸口すら見つからなくて」

「……いなくなった子は、そんなに多いのかい？」

「さて。もう三十人ほどかと」

それは多い。

弥助はぞっとした。子供が消えていくなど、普通ではないのだ。一番に思い浮かんだのは、あやかし食らいのことだった。

「もしかしてさ……あやかし食らいに食われたってことはないかい？」

梅ばあはかぶりを振った。

「それなら、そのあやかし食らいの匂いが残ってるはずです。でも、それもない。だから、みんな怖がっているんですよ」

梅ばあの声は暗かった。それに負けないほど、梅吉の顔も暗い。

「それでか。最近、やたら客が多いのは」

「あいな。子預かり屋のところなら、安全ですからねぇ。とにかく、いなくなった子供らはみんな、家や家族から離れたところで消えたんです。ちょっと一人で遊びに出かけたとか、人間をからかいに行ったとか。いなくなった妹を捜しに行って、同じように消えてしまった子もいるんで」

なぜか梅吉のほうを睨《にら》みながら、梅ばあは話した。

弥助は身を引き締めながら、うなずいた。

「わかったよ。梅ばあが戻ってくるまで、この家から梅吉を出さない。誰にも渡さないし、目を離さないようにする。それでいいかい?」

「あい。そうしてもらえると、このおばあも安心していられます。どうぞどうぞ、よろしくお願いしますよ」

戸口から出ていく時、梅ばあはふたたび梅吉を睨んだ。

「わかってるね、梅吉？　絶対に弥助さんのそばを離れちゃいけないよ。いいね？」

「……」

「梅吉！」

「……わかってる。捜しに行かないって、約束する」

「約束だよ。おばあと約束したんだからね」

きつく言いつけたあと、梅ばあは去っていった。

戸を閉め、心張棒《しんばりぼう》をしっかりとかけたあと、弥助は梅吉に向き直った。梅吉はしょげきった様子で、弥助と目を合わそうともしない。

「なあ、おい。どうしたんだよ？」

「……」

「捜しに行くとか行かないとかって、どういうことだよ？……まさか、消えちまった子供に、知り合いでもいるのかい？」

梅吉がやっと弥助を見た。目に涙がたまっていた。

「お、おいらの友達の、え、えんえんらの由良丸《ゆらまる》、が、いなくなっちまったんだ」

鼻をすすりあげながら、梅吉は言った。

「えんえんら？」

「煙の妖怪だよぉ。うう、お、おいらと仲が良かったんだ。あいつ、浅草寺《せんそうじ》の匂いを嗅ぎに行って、それきり姿を見せないんだよぉ」

「浅草寺の、匂い？」

浅草寺は江戸でも有数の大寺だ。その境内、界隈《かいわい》は、出店や大道芸で常ににぎわっており、毎日が祭りのように楽しく、騒々《そうぞう》しい。

もちろん、妖怪がそのにぎわいを楽しみに行くことだって、大いにありうるだろう。だが、匂いがお目当てとは、解《げ》せなかった。

首をかしげている弥助に、梅吉は話した。

「えんえんらは煙の妖怪だから、匂いの強いものとかお香の匂いとかが好物なんだ。おいらの友達、いなくなった由良丸は、線香の匂いが好きでさ。なかでも、浅草寺の線香が、特にお気に入りだったんだ」

「へえ。ま、線香って、いい匂いだよな。ちょっといがらっぽいけど、ふわわんってしてて」

「……弥助。おいらの話、ちゃんと聞くつもり、あるのかい？　おいら、匂いのことなんて気にしちゃいないよ。由良丸のことが心配でたまんないんだ」

「ご、ごめんよ。で、いなくなったのはいつだい？」

三日前だと、梅吉は答えた。

「おいら、捜しに行きたかったんだ。友達だもん。でも、おばあが絶対にだめだって。おまえまで行方知れずになっちまったら、どうするんだって」

「それはそうだろう」

うなずいたのは、部屋の奥にいた千弥だった。

「私が梅ばあでも、同じことを言っただろうね。現に、消えた妹を捜しに出かけて、同じように消えた子がいたそうじゃないか。そんな危ない状況で、孫をふらふらさせるわけがない。弥助がそうしたいと言ったら、ふんじばって、さるぐつわを嚙ませてでも、行かせないようにするね」

「せ、千にいったら、よしてよ。そんな怖い顔でこっち見ないでよ。んなこと、俺がするわけないって」

とんだ藪蛇《やぶへび》だと、首をすくめながら、弥助は梅吉を振り返った。

「ま、まあ、梅吉。そういうことだってさ。おまえにまでいなくなられちゃ、梅ばあが悲しむよ。俺だって寂しいし、心配するぞ。月夜公達も総出で捜してるって話じゃないか。ここは大人しくして、月夜公にまかせたほうがいいって」

「で、でもよぉ……」

友達のために何もできないのがつらいと、小さな梅吉は肩を落とす。見ていられない落ち込みぶりだ。

思わず弥助は言ってしまった。

「そんならさ、明日、俺が浅草寺に行ってみる。おまえの友達がいないかどうか、見てきてやるよ」

「ほんと？」

「弥助！」

梅吉のはずんだ声と、千弥の気色《けしき》ばんだ声が、同時にあがった。

「何言ってんだい？　今私が言ったことをもう忘れたのかい？……ほんとにさるぐつわと縄が必要なようだねえ」

「ちょっ！　待った、千にい！　いなくなったのはみんな、妖怪の子供じゃないか！　な、そうだろ、梅吉？　人間の子はいなくなってないんだろ？」

「うん。妖怪の子だけだよ」

「ほら！　だから、俺が一人でぶらついたって平気なんだって！　俺、一応は人間だし」

「それはまあ、そうだが……どうも気に食わない。私も一緒に……」

「勘弁して！」

正直、千弥とそういったにぎやかな場所には行きたくなかった。これまでにも何度か一緒に出かけはしたが、必ず厄介事に巻き込まれたからだ。

騒ぎとなるほとんどの原因は、千弥の美貌、そして弥助以外の人間をぼうふらほどにも認めない千弥の言動もある。人ごみの中、弥助が足を踏まれた時の千弥の暴れっぷりなど、今思い出してもぞっとする。災《わざわ》いを招く男番付があるなら、横綱は千弥で決まりだろう。

弥助が必死で断るものだから、今度は千弥がふてくされてしまった。

「なんだねえ。私はいつだって弥助のことだけを考えているのに。親の心子知らずって、人間がよく使うけど、あれってほんとのことなんだねえ」

「や、やめてよ、もう。いやみったらしいなぁ」

「ふん。もういいよ。行っておいで。前みたいに足を踏まれて、泣いて帰ってくるがいい。飴《あめ》を落として、しょげて帰ってくるがいい」

「……千にい。俺、もうそんなことで泣かないって」

「おや、そうかね？」

「もう！」

すったもんだの末、弥助は浅草寺に行くことを許された。

喜ぶ梅吉に、弥助はただしと釘を刺した。

「俺が様子を見に行ったからといって、おまえの友達が見つかるとは限らないからな。もし見つからなくても、へそ曲げたりするなよ」

「わかってる。そんなことしないって。千弥さんに、その態度はなんだぁ！って、するめにされたくないもん」

「おっ！　ちょっと調子が出てきたじゃないか」

「ふん。おいらだって、いつまでもへこたれてないやい！……ありがと、弥助」

緑の頭がぺこんと弥助に下げられた。


翌日、弥助は一人で浅草寺に向かった。

花見の時期は終わったものの、界隈のにぎやかさはあいかわらずだ。人のにぎわいに触れて、弥助はわくわくしてきた。みなの活気が体に流れ込んできて、かっかしてくる。出店に並ぶお面や風車、飴玉が、きらきらと光ってみえる。

人ごみを縫うように進みながら、弥助はあちこちに目を向けた。煙の妖怪えんえんら。見たこともない妖怪だが、それらしいのがいれば、わかるはずだ。

毎晩のように妖怪達と会っているせいか、このところ、弥助の勘は鋭くなっていた。妖気というか、妖怪独特の気配を感じ取れるようになっている。

もちろん、本当にえんえんらが見つかるとは思っていなかった。それは梅吉も承知しているはずだ。だいたい、そんなにすぐに見つかるなら、とっくの昔に妖怪奉行所の者達が見つけ出している。それでもここに来たのは、それで梅吉の気持ちが少しでもましになるだろうと思ったからだ。

（見つからなかったら……なんかかわいい飴細工でも買っていってやろう）

そんなことを考えながら、弥助は浅草寺のまわりをとりあえず一巡りした。あちこちで線香の煙が立ちのぼってはいたが、そこにえんえんらはいなかった。

「ふう……やっぱりだめか」

わかってはいたが、ちょっとがっかりした。それに少し疲れていた。なにせ人が多い。すでに半刻《はんとき》以上経っている。

弥助はいったん寺の裏側に回った。そこなら人の通りが少ない。ようやく一息つける気分だ。

「飴細工、探さなくちゃな……」

げっそりしながらつぶやいた時だ。明るい声があがった。

「飴細工ほしいの？」

振り返れば、すぐ後ろに少女がいた。弥助よりは一、二歳年上だろうか。好奇心の強そうな大きな目。ちょっと気の強い感じの口元。肌は浅黒く、いかにもはしっこい感じがする。着ている物は粗末だが、布で作った赤い花簪《はなかんざし》がよく似合っていた。

少女が自分に話しかけてきたと知り、弥助はぎょっとなった。

正直、同じ年頃の子供は苦手だった。

昔の弥助は、千弥以外の人とは口をきかなかったため、近所の子供達から「口なし」とからかわれ、手ひどくいじめられた。もちろん、その仕打ちは、千弥によって十倍返しにされたわけだが、それでもいやな記憶というのは残るものだ。

弥助は今でも、子供らがかたまっているところは避けるようにしていた。ことに女の子はだめだ。かわいい顔して、裏でどんな意地の悪いことを考えているか、わかったものではない。近所で器量よしと評判だった魚屋の娘が、年上の悪ガキどもに殴られている弥助を見て笑っていたことを、弥助はいまだに忘れてはいなかった。

(妖怪達なんかより、女の子のほうがずっとずっと怖いや)

常々そう思っているくらいだ。

それなのに、その怖いものに話しかけられてしまうとは。

突然のことに頭が真っ白になり、弥助はかちこちになってしまった。

と、少女が身をよせてきた。

「ねえ、あんた。飴細工がほしいなら、いいお店知ってるよ。あたいが連れてってあげようか？　そこの飴細工は天下一品だよ。ほんとすごいんだから。同じお金を出して買うなら、絶対そこのがいいって」

親切に熱心にすすめてくれる少女。少なくとも悪い子ではなさそうだと、弥助は少しだけ肩の力を抜いた。

「ほ、ほんとにそんなすごい飴細工なのかい？」

「うん。あたい、香具師《やし》の娘だからさ、出店には詳しいんだ。よければ、連れてってあげる。そのかわりさ、あたいにも飴を一つ買ってよ。どう？」

「い、いいよ」

「決まり。じゃ、ついてきて。あ、そうそう。あたいはおあきっていうんだ。よろしくね」

にこりと、おあきが笑った。その笑顔に、弥助はふたたびぎょっとした。一瞬だが、おあきがとても醜《みにく》く見えたのだ。卑《いや》しい、いやらしい何かが、ぞろりと顔の下から這い出てきたかのような……。

だが、弥助が一歩あとずさりをした時には、それは消え去って、ごく普通の少女が笑って立っているだけだった。

驚いている弥助を尻目に、おあきは軽やかに歩きだした。慌《あわ》ててあとを追いながら、弥助はおあきから目を離さなかった。

時々、おあきはこちらを振り向いてきた。でも、その顔はもうどこにもおかしなところはない。むしろ、おあきはなかなかかわいい顔立ちをしていた。笑うと、さらにかわいらしくなるし、子猫のように生き生きとして見える。邪悪なものとはまるで無縁だ。

（さっきのは……やっぱり俺の気のせいだったのかな？）

きっとそうだと、弥助は思った。きっと木の影のせいで、あんなふうに見えたに違いない。

とにかく、弥助はおあきのあとを追った。

早足で歩きながら、おあきはずっと笑っていた。

「こっちこっち。早くおいでよ」

そう言いながら、どんどん参道から離れた、寂しい茂みのほうへと向かっていく。

「ほんとにこっちなのかい？」

「そうだよ。そこのじいさん、すっごく偏屈《へんくつ》でさ。わざわざ人気のないとこで商売やってんの。変だよねえ。おかしいよねえ」

けらけらと笑うおあきに、弥助ははっと思った。まただ。またいやな感じがにじみだしている。しかも、今回のはなんだか苦しそうにも見えた。笑いたくないのに、無理やり笑っているかのように、口の端がひきつっている。

「……どうかしたのかい？」

「えっ？　なんのこと？」

「いや……なんか、つらそうみたいだから」

そんなことないよと、おあきはわざとらしく大きく目を見張ってみせた。

「あ、ほらほら。弥助ちゃん。そんなことより、あれ、見てごらんよ」

「何？」

「いいから、ほら。そこの茂み、のぞいてみて！」

言われるままに、弥助は茂みをかきわけた。その先には沼があった。沼と言っても、大きめの水たまりのような感じで、深さもたいしてない。水は濁《にご》り、重たげな茶色だった。

「これがどうし……わっ！」

いきなり後ろから押され、弥助はたまらずつんのめった。そのまま、沼へどぶりとはまった。生臭い水と泥が顔を、体を包みこみ、焦《あせ》りで弥助はばたばたした。

ようやく身を起こしたところで、かまびすしい笑い声が聞こえた。

声の主はおあきだった。おあきはいじわるげに顔を歪《ゆが》め、弥助を笑っていたのだ。世にも醜い笑いだった。

「へへーん！　ざまぁみろ！　飴細工がほしけりゃ、沼の底でもさらいな！　あんたみたいな小汚い子には、泥団子がお似合いさ！」

「………」

思ってもみなかったいじわるをされ、弥助は茫然としていた。悲しいとか悔しいとかよりも、どうしてという気持ちがあふれてくる。

何か言おうとした時だ。

弥助はぎょっとした。

おあきの喉のあたりに、黒々としたしみが浮き上がっていたのだ。それはぐねぐねとうごめいたあと、またすうっとおあきの肌の中に吸い込まれていった。

おあきがさらに顔を歪めた。今度のは苦しそうな歪め方だった。

その表情に、弥助ははっとした。一瞬だけ、おあきの本当の顔が見えた気がした。なんとも悲しげで、つらそうな顔。心ノ臓をつかまれたような心地にさせられた。

助けて。

そんな声が聞こえた気がして、弥助は思わず手をおあきに差しのべた。

だが、おあきはその手を取らなかった。

「……ざまぁみろ」

弱々しげに悪態をつき、おあきはさっと身を翻《ひるがえ》して、駆け去ってしまった。

泥まみれのずぶぬれで帰ってきた弥助に、当然ながら千弥は仰天した。やれ風邪をひいてしまう、薬はどこだと大騒ぎ。さらに、風のような速さで弥助を風呂屋へ連れていき、有無を言わせず湯をあびせかけ、とどめとばかりに熱い湯船の中に放りこんだ。

大変荒っぽいやり方ではあったが、全身から泥の生臭さが消えて、弥助はほっとした。それに冷え切った体が温められ、気持ちよくなっていく。

「もう十分あったまったよ」

「まだだよ。もっともっと、体を芯《しん》からあっためないと。もうしばらく浸かっておいで」

「ええっ！　ゆだっちまうよ！　ねえ、もう出ていいでしょ？」

「だめだよ」

ゆでだこになる一歩手前で、千弥は弥助を湯船から出してくれた。おかげで、帰る道中、夕暮れ時のひんやりとした空気が心地よかった。

極楽気分になっている弥助に、千弥が切りだしてきた。

「それで？　どうして、こんなことになったんだい？」

「えっと……」

「まさか、言わないつもりじゃないだろうね？　ごまかしてもだめだよ？　おまえの嘘なんか、私は一発でわかるんだから」

「うっ……」

「さあ、ちゃっちゃと正直に話してごらん。いったい、どうして、こんなことになった？」

もう逃げ道はない。弥助はぼそぼそと白状した。

案の定、千弥は激怒した。

「……なんて小娘だろうね。そういうたちの悪いことをするとは許せないよ。ああ、今すぐその子を見つけ出して……色々思い知らせてやりたいね」

白いこめかみに何本もの青筋を浮かびあがらせている千弥を、弥助は慌ててなだめにかかった。

「大丈夫だって。俺、怪我もしてないし。風邪だって、たぶんひかないよ」

「そういう問題じゃないだろうに！　ああ、やっぱり私も行くんだった！　私が一緒なら、おまえがこんな目にあうことはなかったよ！」

そのかわり別の騒動に巻き込まれてたよと、弥助は心の中でつぶやいた。

なんとか話をそらそうと、まわりに目を向けた。ちょうど、どっかのおかみさんが鍋を持って、弥助達の横を通り過ぎるところだった。どうやら総菜屋で味噌《みそ》豆腐でも買ってきたらしい。真っ黒な鍋から、いい匂いがぷんと漂ってきた。

黒い鍋。黒。

弥助ははっとした。

「そうだ。千にい。聞きたいことがあるんだ」

「なんだい？　話をそらすつもりなら、無駄だよ」

「そうじゃなくて、ほんと聞きたいんだってば！　人間って、黒いしみができたりするものかい？」

「するんじゃないかい？　ほら、そばかすとか」

「そういうんじゃなくて！　こう、もっと大きくて、真っ黒でさ。ぐねぐね動いて見えて、肌の上に浮き上がってきたり、消えたりするようなやつ」

すっと、怒りに燃えていた千弥の顔が鎮まった。

「……おまえ、それを見たのかい？」

「う、うん」

「もしかして、おまえをだまして突き飛ばした小娘？」

「うん」

そういうことかと、千弥は舌打ちした。

「そいつは、うそあぶらだね」

「うそあぶら？　妖怪かい？」

「いや。人間の陰《いん》の感情から生まれてくる下等な魔だよ。人間にとりついて、その人間に嘘をつかせるやつだ」

「嘘を、つかせる……」

「それがうそあぶらの本能なんだよ。それ以外のものを、うそあぶらは持っていない。自分の意志さえ持っていないから、やつとは言葉も心も交わすことはできない。なるほど。その小娘、うそあぶらにとりつかれていたのか。捜しだして、目に物見せてやろうかと思っていたけれど、そういうことなら、しょうがない。許してやるとしよう。……甘酒でも飲んでいくかい？」

もうこの話は終わりとばかりの千弥に、弥助はすがりついた。

「ちょ、ちょっと待ってよ！　おあきちゃんは？　うそあぶらにとりつかれた人間は、どうなっちまうの？」

「どうにもならないさ。ただ際限なく嘘をつくようになるから、みんなに嫌われることになる。そのうち、どえらい目にあうかもしれないね。でも、そんなこと、弥助には関係ないだろう？」

「か、関係はないけどさ。……やっぱり気分悪いよ」

「どうして？　その娘が魔憑《つ》きだとわかったんだから、二度と近づかないようにすればいいだけじゃないか。うん。やっぱり甘酒を買っていこうね」

　こうして、千弥は話を切り上げてしまった。弥助はため息をついた。


　その夜、弥助は眠れなかった。おあきのことが頭から離れず、ちっとも眠気がやってこないのだ。

　おあきにはまるで二つの顔があるようだった。一つはいやらしく邪悪で醜い顔。だが、その下には傷つき苦しむ本当の顔がある。その本当の顔のほうが、弥助の胸を騒がせた。

助けたい。あんなつらそうな顔、ぬぐいとってしまいたい。

次第にその思いが強くなっていく。

　我慢できなくなった弥助は、ついに布団から身を起こした。隣で寝ていた千弥がすぐにそれに気づき、「どうしたんだい？」と声をかけてきた。

「眠れないのかい？　もしかして、腹でも痛くなったのかい？　薬、出そうか？　それとも、医者を呼ぶかい？」

「ううん。腹痛でもなんでもないよ。そうじゃなくて……千にい。俺、やっぱりおあきちやんのことが気になるよ」

「昼間の小娘のことかい？　なぜだい？　おまえとは関わりのない娘じゃないか」

「そういうことじゃないんだって！」

弥助は頭をかきむしった。妖怪の千弥は、こういうところで人間らしさが欠けており、時々言葉が通じなくなってしまう。

「だってさ！　かわいそうじゃないか！　嘘ついちまうのは、その子のせいじゃないのに、みんなに誤解されて。もし、もっと剣呑《けんのん》なやつをだまくらかして、そいつが仕返しに来たら？　下手すりゃ大事になっちまう」

「だろうね」

「だろうねじゃなくて！　千にい、なんとかならないの？　うそあぶらをひっぺがす方法はないのかい？」

必死に言う弥助の頭を、千弥は軽く撫でた。その口元に優しい笑みが浮かぶ。

「私の弥助は心まできれいだね」

「よしてよ、こんな時に」

「いや、ほんとのことを言ったまでさ。おまえのその優しさが、私は好きだよ。私にはないものだからね。……わかった。うそあぶらを落とす方法を教えてあげる」

「あるの！」

「ある。このままじゃ、弥助はいつまでも寝そうにないしね。寝ないのは体によくない。教えてあげるから、聞いたら、今度こそちゃんと寝るんだよ」

「うん！　うん！　約束するから教えて！」

一言も聞きもらすまいと、弥助は全身を耳にした。


翌朝早く、弥助はふたたび浅草寺へと向かった。早い刻限のおかげで、まだまだ人は少ない。そのかわり、香具師達がそれぞれの出店の支度にかかりきりになっている。

おあきのことを尋ねると、すぐに色々なことがわかった。

どうやら、おあきはここらの香具師の間では有名らしく、その評判はことごとく悪かった。なにしろ、弥助がおあきの名を出すだけで、「ああ、あのうそつき娘か！」と、みな、そろって吐き捨てるように言うのだ。

だが、中には不思議そうに首をかしげる者もいた。

「だけど、おかしいんだよねぇ。前はあんなうそつきじゃなかったんだよ。働き者のいい娘でね。よく親の手伝いをしてたんだ。あの子の親は、縁起物のわら細工を作る職人で、あの子も作る。ことに、馬の置物なんか、うまいもんだ」

「それなのに、嘘をつくようになった?」

「うん。ある日を境にね。それがどんどんひどくなってくもんだから、親も手を焼いてるらしいよ」

「……」

「おあきなら、さっき境内に入っていくのを見かけたよ。行ってごらん」

「ありがとう」

弥助は言われるままに浅草寺の境内へと入っていった。

まだ人がまばらな寺のご本尊の前に、おあきがいた。手を合わせ、一生懸命祈っている。

鬼気迫るような顔つきだ。

弥助はおあきが何を祈っているのか、わかるような気がした。

「おあきちゃん……」

ぱっと、おあきが振り向いた。弥助を見るなり、その顔に嘲《あざけ》るような表情が浮かんだ。

「なんだ。あんたか。また来たわけ?」

「……」

「何よ? あ、そうか。ふうん。あんた、あたいに仕返しに来たんだ。ああ、馬鹿みたい。ちょっとひっかけられたくらいで、そんなに怒るなんて、せせこましいやつ」

「そんなんじゃないよ。そんなんじゃなくて……おあきちゃんはさ、ほんとは嘘つきたくないんだろ？」

おあきの表情が一変した。薄笑いがさっと消え、青ざめひきつった顔となる。

「な、何言ってんのよ！　あたいは好きで、好きで間抜けをひっかけてやってんだ！　嘘をつきたくないって？　馬鹿言わないで！　こんな楽しいこと、他にないんだからね！」

そうわめくおあきの目から、ぽろぽろ涙がこぼれていく。ああ、あの時と同じだと、弥助は思った。弥助を沼に突き落としたあとに、おあきが見せた顔。いやでいやでたまらないと、心の叫びが聞こえてくる。

弥助は胸を痛めながら、さらに優しく言った。

「わかってる。わかってるって。嘘つきたくないのに、口を開くと、勝手なことが飛び出てくるんだろ？　この頃は、体まで勝手に動いて、やりたくもないいじわるをしちまうんだろ？　でも、それはおあきちゃんのせいじゃないんだ。うそあぶらがそうさせてんだ」

「うそ、あぶら？」

「そうだよ。人にとりついて、嘘ばっかりつかせる魔物だ」

「嘘だ！　そんなの嘘！」

「本当だって！　でも、そいつは落とせるんだ！　俺が落としてあげる！　おあきちゃんから、うそあぶらを取っ払ってやるから。俺を信じてよ」

弥助は手を差しのべた。

「ふん。あんたなんか信じるもんか！　うそあぶら？　はっ！　真っ赤な嘘に決まってる！」

おあきは憎々しく毒づいた。なのに、泣き続けている。

さらに、おあきは弥助の手を取り、ぎゅっと握りしめてきた。溺《おぼ》れる者が命綱にすがるような、力のこもった握りしめ方だった。

「わかった。おあきちゃんも、やっぱりうそあぶらを落としたいんだね？」

「違う！　か、勝手なこと言わないでよ！」

「わかってるって。もうしゃべらなくていいよ。黙って、俺にまかせて」

泣きじゃくりながら、おあきは口を閉じた。

人目につかないよう、弥助はおあきを小さな御堂の裏手に連れていった。それから、懐《ふところ》から小さな壺と矢立《やたて》を取り出した。矢立は、筆入れと墨壺を組み合わせたもので、持ち運びができて、大いに便利な代物だ。何かと物を書くことが多い商人や旅人には欠かせない。

だが、弥助が持ってきた矢立の墨壺には、墨ではなく、灰とお歯黒を練り込んだものが入れてあった。そのどろりとしたものに筆をつっこみながら、弥助はおあきに言った。

「これからうそあぶらを出すから。何があっても、絶対しゃべっちゃだめだ。いいかい?」

こくりとうなずき、おあきは口を食いしばってみせた。必死の形相だ。

「頭をあげて、喉を見せて。そう。そのまま動かないで」

おあきの細い喉を見ると、なにやらぞくりとした気持ちになったが、弥助はそれを押し殺した。そして、千弥に教えられたとおり、筆をおあきの喉にあて、一気に横に引いたのだ。

真っ黒な線ができた。と、そこから血が噴き出すように、ぶくぶくっと、黒い油のようなものがあふれてきたではないか。

油はぼこぼこと泡を吹いており、その泡がはじけるたびに、きぃきぃという甲高い声があがった。

「ははは! ざまぁみろ!」

「だましたい! だましてやりたい!」

「楽しいねえ、嘘つくのは!」

「うげええっ! お歯黒だよ! 灰だよぉ!」

「いやだよぉ!」

「まぬけ！　あほ！　すっとこどっこいめ！」

かまびすしい声に、おあきは目を見張った。何か言いそうになり、慌てて自分の手で口をふさぐ。

「こいつが、うそあぶらか！」

弥助は嫌悪に顔を歪めた。千弥から話は聞いていたが、なんと醜く、浅ましい魔であることか。これに魅入られていたとは、おあきもつらかっただろう。早く出しきってしまわなくては。

弥助はおあきの喉に壺をあて、あふれでるうそあぶらを全てその中に入れていった。

「いやだよぉ！　痛いよぉ！」

「やめてやめて！」

「殺してやる！」

「けけけけっ！」

「楽しい楽しい！」

「うるさい！　おあきちゃんの体から出ていけ！」

弥助は怒鳴りつけた。

ようやく最後の一滴が壺の中へ入っていった。弥助は、お歯黒をたっぷりとしみこませた紙をかぶせ、急いで糸で縛り、封をした。

「よし。もういいよ、おあきちゃん。なんかしゃべってみなよ」

おあきは恐る恐るといったていで、弥助を見た。その口が小さく開く。

「あたい……あたい……いやだったの。嘘なんかつきたくなかったのに、口が勝手に……ああ、どうしよ！　ちゃんとしゃべれる！　言いたいこと、ちゃんと言える！」

自分で自分に驚き、目を見張るおあき。弥助は笑いかけた。

「うまくいったみたいだね。よかった」

「や、弥助ちゃん！」

「わっ！」

いきなりおあきが飛びついてきた。あまりに強く抱きしめられ、弥助は息ができなくなった。

「ぐっ……お、おあき、ちゃ……ちょ、苦しいよ！」

だが、おあきは腕の力をゆるめなかった。弥助をさらにさらにと抱きしめ、わんわん泣いた。

「つ、つらかった。本当につらかったのよぉ」

「う、うん。わかるよ」

「ひ、ひどい嘘ばっかりついたから、みんなに嫌われて……おとっつぁん達にも迷惑かけて……やだったのに、やめられなかった」

「みんな、うそあぶらのせいさ。でも、もう大丈夫だから。だ、だから、ちょっと、は、離して」

ようやくおあきは弥助を離し、今度はまじまじとその顔を見つめた。

「な、なんだい？」

「弥助ちゃんはもしかして……仏様の御使い？」

「……なんでそうなるわけ？」

「だって、あたい、一生懸命お願いしてたのよ。嘘をつくのをやめさせてくださいって。どうか助けてくださいって。そうしたら、弥助ちゃんが来て、あたいを助けてくれた。だから、御使いじゃないかなって」

「違うよ。俺はただの人間だよ。ただちょっと……えっと、憑き物落としに詳しい人がそばにいて、その人にうそあぶらの落とし方を聞いたんだ。効き目があって、ほんとよかったよ」

「弥助ちゃん……」

涙ぐみながらも、おあきは大きく笑った。晴れ晴れとした、まるで蓮の花がぽんと咲くような笑顔だった。

ああ、これが見たかったんだと、弥助は思った。この心からの笑顔、うそあぶらに穢《けが》されていないおあき自身の笑顔を見たかったのだ。

今、おあきは輝いていた。全身からまぶしい喜びの光を放っている。

(なんて、きれいなんだろう……)

そう思ったことに、弥助は驚いた。こんなことを思うなんて。

だが、それだけではない。おあきの笑顔を見た時から、心ノ臓が激しく打ちだしていた。今にも胸を突き破ってしまいそうなくらいだ。病気かと、弥助はうろたえた。

と、おあきが弥助の手を両手で握りしめてきた。おあきに触れられたとたん、弥助は体が熱くなるのを感じた。顔から火が出そうだ。どどどっと、自分の鼓動が速くなるのがわかった。

さっきからなんなんだ、これは！　これじゃ息もできやしない！

顔を真っ赤にしている弥助に、おあきは心を込めて言った。

「ありがとう、弥助ちゃん。ほんとにほんとに、ありがとう」

「そ、そんな……どど、どうってことないさ、こんなの」

焦りのため、弥助は早口になった。なんとかして、今のおかしな状態を切り抜けなくては。おあきに気づかれたらと、考えるだけでも、猛烈に恥ずかしい。

何かに気をそらしたくて、弥助は思いつくままに言った。

「それにしても、いったい、いつとっつかれたんだろう？　千にい、ううん、知り合いの話じゃ、うそあぶらはもともと嘘つきな人間にとりつくものだって。おあきちゃんはそうは見えないし、どうしてなんだろ？」

「えっと……そうだ。あの日からだった。あの怖い日」

「怖い日？」

「そう」

おあきはおびえた表情を浮かべながら、話しだした。

その日、おあきは親の使いで少し離れた百姓の家に向かった。そこはわら細工に使うわらを売ってくれているところで、いつもの礼を兼ねて、まんじゅうを届けに行ったのだ。

そうして無事にお使いを果たし、帰る途中のことだ。にわか雨が降ってきた。

雨に濡れるのは危険だ。風邪をひき、こじらせ、あっけなくあの世に行ってしまうことだってある。

おあきは無理をせず、雨宿りできる場所を探そうと、道をはずれて大きな竹林に入った。

そこで思わぬものを見つけた。

一軒の古い家だ。茅《かや》ぶきで、そこそこ大きいが、妙に息をひそめるように、竹林の奥に建っている。

あの軒下なら雨にあたるまいと、おあきは喜んで走っていった。そうして家の前まで来た時だ。中から人の声がすることに気づいた。

誰かがいる。

追い払われないように、邪魔だと思われないように、おあきは気配を消して、軒下にしゃがみこんだ。

あいかわらず人の声が聞こえた。男の声だ。若くはないが、きんきんと響く声。何かをしきりにまくしたてている。

時折、それに答える別の男の声があった。何を言っているかまでは聞きとれないが、こちらの声音は穏やかで甘い。なのに、なぜかぞっとする。

おあきは気になってたまらなくなってしまった。この家の中では、普通ではないことが起きている。肌でそれを感じた。

逃げたい。今すぐここを離れたほうがいい。

そう思う気持ちもあったが、やはり好奇心のほうが勝ってしまった。

おあきは縁側に這いあがり、障子《しょうじ》の下のほうに小指で小さな穴をあけた。そして、そこから中をのぞきこんだ。

まず見えたのは、若い女だった。おあきに背を向ける形で立っている。

驚いたことに、その女は裸だった。白い体、細い腰、丸い尻の形が、やたらはっきりとおあきの目に飛びこんでくる。後ろ姿しか見えなくとも、女が大変美しいことはわかった。放つ気配、ちょっと首をかしげた姿が、なんとも色っぽいのだ。

だが、女の体のあちこちには、黒いいれずみが施されていた。文字でも絵でもなく、ただの模様のようなのに、異様な迫力があるものだ。

と、中年の男がおあきの視界に入ってきた。おそらく大店《おおだな》の主なのだろう。立派な身なりで、腰から下げている根付も見事なものだ。

男は、裸の女に近づくと、震える手で女に触れた。肩や首筋、細い腰を何度も撫でる。

「ゆり……ゆりだ」

感極まったようにうめく男。と、ふふふと、柔らかな笑い声が響いた。どうやらもう一人、部屋の奥に誰かいるようだ。

おあきはなぜか全身に鳥肌が立った。

怖い。すごく怖い。

見えない声の主が言った。

「遅くなりましたが、このとおり、ちゃんと完成させましたよ。ご満足いただけましたか？」

「ああ……ああ、すばらしいですよ。これはゆりそのものだ」

生唾を飲みこみながら、中年男がうなずいた。

「それじゃ……もう連れて帰っていいんですね？」

「いいですよ。最初は動くこともしゃべることも、おぼつかないことでしょう。でも、あなたが丹精込めて世話をすれば、じきに重みも増して、生き生きとしてきますから」

「返事を、してくれますかね？」

「それどころか、あなたの思いのままに……ふふふ」

「ああっ！　恩に着ますよ！　お代の残りは、あとできっちり届けさせます！　それじゃ、連れて帰りますよ！」

「ええ、どうぞ」

「ああ、ゆり。家に帰ろう。帰ろうねぇ。もう離さないからねぇ」

ぴくりともしない女に美しい着物を着せ、中年男はぎゅっと抱きしめた。だが、その顔が少し不安げになった。

「ところであの……もう一人のほうは？」

「あちらはもう抜《ぬ》け殻《がら》。ご心配なく。こちらでちゃんと始末しておきますから」

「し、始末って……」

「旦那さんが気になさることはないのです。あれはもうゆりさんではない。今ではこちらのゆりさんが本物なのです」

甘く甘く声が響く。ぞっとするような甘さだ。闇という名の蜜《みつ》が塗りこめてあるかのようだ。

だが、中年男はそれを聞いて顔をゆるめた。

「それじゃ……何も問題ないんですね？」

「もちろんですよ。だからね、新しいゆりさんをたんとかわいがってあげてください」

「ええ。ええ。もう離しゃしませんよ！　私のゆりだ。私のものだ！」

中年男はさっと女を抱き上げ、勝手口のほうへと歩いていった。

「もし、旦那。そのままご自分で運んでいくんですか？　人目がありましょうに」

「大丈夫ですよ。街道に出たら、すぐに駕籠《かご》に乗せますからね。そうしたら、店まで一気に走ってもらうので」

「なるほど。では、お気をつけてお帰りを」

おあきは、抱き上げられた女から目が離せなかった。女の手がぶらぶらと揺れていて、すごく気になったのだ。それにずいぶんと軽そうだ。あんなふうに軽々と抱き上げて、運べるなんて、ちょっと信じられない。

ここで、おあきはようやく気づいた。

人形だ。あれは、生きた人間そっくりの、等身大の人形なのだ。

いったい、どんな人形師がこしらえたのだろう？　そして、なんのため？　あの人形は、あの中年男のために作られたものだ。それは見ていてわかる。でも、いい大人が人形遊びをするというのか？

混乱しているおあきの前で、中年男と人形は出ていった。

ふふふと、またあの笑い声がした。

「これでまた一つ、仕事が終わったねぇ。おかげで、心おきなく、次の仕事にとりかかれるよ。……おっと。その前に、片づけておかなくちゃ」

声の主らしき影が、部屋の隅のほうでごそごそ動くのが見えた。

おあきは胸が激しく打ち始めていた。

なんだろう。体の震えが止まらない。ああ、なんだあれ。大きな行李《こうり》から、何か白いものが引っぱりだされている。白くて、大きくて、細くて……長い髪。女の髪。

ああああっ！

気づけば叫んでいた。

そして、その瞬間、「見たね」と、耳元で誰かがささやいたのだ。

弥助はおあきを見つめていた。おあきの顔は真っ青だ。だが、自分も負けぬほど青い顔をしているはずだと、弥助は思った。

おあきの話には得体の知れない闇の気配がした。朝日が陰ったような気さえして、ぞくっとなった。

乾いた唇をなめながら、弥助は先をうながした。

「それから……どうなったんだい？」

「気づいたら、近所の茶店のところにいたの。ちゃんと座って、おばさんにもらった水を飲んでた。……茶店に入った覚えなんか、なかった。でも、気づいたらそこにいたから……怪我もしてなかったし、全部夢だったのかなって思って」

その日から、おあきは嘘をつくようになった。自分でも驚いたし、なんとかやめようとしたが、だめだった。そして、自分の嘘に手いっぱいとなり、竹林の一軒家で見たことはすっかり忘れてしまったのだ。

「あ、あたい……何を見たんだろう？　ねえ、弥助ちゃん？　あたい、大丈夫かな？」

「もちろん、大丈夫に決まってるさ」

不安げにすがってくるおあきに、弥助は大きくうなずいてみせた。

本当は気がかりだった。おあきは何かとんでもないものを見たに違いない。だが、もうこれ以上、おあきにおびえた顔をさせたくない。その一心で、あえて明るく笑ってみせた。

「大丈夫さ。うそあぶらは落としたし、もう怖がることなんてないよ。……金持ちの連中は、変なことにやたら金を使うっていうだろ。変わった朝顔の鉢植えに、何十両も払ったりさ。その人形も、そういう道楽の一つなんだよ、きっと」

「……そうかも」

「そうだよ。だから、もう気にすることなんかない。うそあぶらも落ちたことだし、もとの毎日に戻れるって」

言い聞かせているうちに、弥助自身、そう思えてきた。

そうだ。おあきはもう大丈夫なのだ。

弥助の言葉に、おあきはほっとしたようだった。顔のこわばりが解けていく。

「うん。全部弥助ちゃんのおかげだね。……ほんとにありがと」

にこっと、おあきは笑った。まるで真夏の睡蓮《すいれん》のような、きれいな笑顔だった。

ずどんと、弥助は胸をどつかれるような衝撃を食らった。頭の中は真っ白で、ただただおあきの笑顔が花咲いている。

ぼんやりしている弥助の前で、おあきは心底幸せそうに言った。

「ああ、弥助ちゃんに会えて、ほんとによかった。……そういえば、飴細工をほしがってたよね？」

「……」

「弥助ちゃん？」

「ん？　あ、え、な、何？」

「飴細工だってば。ほしがってたでしょ？」

「ん。ああ、あのこと。うん。知り合いの子供にあげようかなって思って」

「そうだったんだ。あっ！　じゃあ、いいものあげる！」

おあきは懐から、わらでできた小さな馬を二つ、取り出した。赤い紐で作った手綱がとてもかわいらしい。

「これ、あたいが作ったの。お礼にあげる」

「え？　いいのかい？」

「うん。御堂に奉納しようと思って持ってきたんだ。仏様にあたいの願いを届けてもらいたくて。でも、弥助ちゃんが助けてくれたから、もう仏様のところに行ってもらう必要はないもの。飴細工のかわりにならないかもしれないけど、よかったら、一つ、知り合いの子供にあげて。で、もう一つは弥助ちゃんがもらってくれない？」

「も、もちろん、もらうよ！」

弥助はありがたく二つの馬を受け取った。ちょうど梅吉がまたがれるほどの大きさだ。あげたら、きっと喜ぶだろう。そしてもう一つ。こちらは弥助のものだ。おあきが弥助にくれたのだから。

甘酸っぱいものを感じながら、弥助は馬達をそっと懐に入れた。

「大事にする。絶対大事にする」

「うん。そう言ってもらえると嬉しいな。……ねえ、明日もここに来る？」

「えっ？」

「あたい、まだちょっと怖いんだ……。また嘘ついちゃうんじゃないかって、どきどきして……弥助ちゃんがいてくれると、怖くなくなるから、その……」

「わかった」

それ以上言わせず、弥助はきっぱりとうなずいた。

「明日も来る。明日は、俺が弁当をこしらえてくるよ。そ、そしたらさ、おあきちゃんは

「このあたりを案内してくれよ」

「いいよ！　ここらはあたいの庭みたいなもんだもん！　行きたいとこに連れてってあげる！」

おあきも目を輝かせながらうなずいた。

また明日と、約束して、子供達は別れた。

弥助は夢見心地で家に帰っていった。

明日もおあきに会える。また会える。

そのことがたまらなく嬉しかった。


翌日、弥助はまたも早起きした。今度は弁当作りのための早起きだ。

「なんでまたその子のところに行かなくちゃいけないんだい？　うそあぶらは落とせたんだから、それでいいじゃないか」

なんとなく気に入らない顔をしている千弥に、弥助はせっせと飯を炊きながら答えた。

「おれ礼にあのあたりを案内してくれるって言うんだ。おもしろそうだなって思って」

「そんなの、私と一緒に行けばいいのに。それに、なんで弁当なんだい？」

「だって、買ったら高いだろ？　俺が作ってったほうがいいよ」

「……それにしちゃ、力が入ってないかい？」

「お、俺はいつも弁当作りには気合い入れてるよ。……あのさ、心配しなくても、千にいの分もちゃんと作っとくから。昼にはそいつを食べてよ」

「……私は行っちゃいけないのかい？」

「だめ。騒動はごめんだもん」

ぶすっと、千弥はふてくされたが、その顔すらも弥助は気にならなかった。

こしらえたのは、握り飯だ。だが、たかが握り飯と侮《あなど》るなかれ。冷めても香ばしいようにと、握り飯には味噌を塗って、軽くあぶってある。そこにごまをふりかけたたくわんを添えて、竹の子の皮で包めば、立派な弁当のできあがりだ。

おあきはきっと喜んでくれるに違いない。その顔を思い浮かべるだけで、わくわくした。喜ばせたい。もっともっと、おあきに笑ってもらいたい。

そのためなら、なんでもする気になっていた。

「んじゃ、行ってきます！」

「早く帰ってくるんだよ」

「うん。夕方までには帰る」

「夕方！　ちょいとお待ち！　そんな遅くま……あ、こら！　弥助！」

叫ぶ千弥をふりほどくように、弥助は走りだした。

待ち合わせ場所は、浅草寺の境内にある大きな楠《くすのき》の下と決めていた。寺から少し離れた場所にある大木の下なら、静かだし、参拝客の邪魔にもならない。

弥助が着いた時、おあきはまだいなかった。少し早すぎてしまったらしい。弥助はそわそわしながらおあきを待った。

だが、約束の時刻を過ぎても、おあきは姿を見せなかった。

きっと、何か用事ができて、遅れているに違いない。きっともうすぐ来るさ。

弥助は待ち続けた。が、小半刻経っても、おあきは来なかった。

だんだんと不安になってきた。

ここではなかったか。いや、そんなはずはない。でも、もしかして自分が場所や時刻を勘違いしてしまっているんだろうか?

何度も木の下をめぐり、さらには境内をうろついて、おあきを捜した。昨日、うそあぶらを落とした御堂の裏にも行ってみたが、やはり見当たらない。

いやな予感がし始めた。

もしかして、おあきは嘘をついたのだろうか。また会おうと言っておいて、本当はそんな気など、さらさらなかったのではないだろうか。

(まさか……まだうそあぶらが残ってたのか？)

そう思うほうがましだった。だまされたのなら、せめて、うそあぶらのせいであってほしい。

もう待ってなどいられず、弥助は腰を入れておあきを捜し始めた。そして、思ってもいなかった事態を知るはめとなった。

「行方知れず……？」

絶句する弥助に、飴売りの若者は暗い顔でうなずいた。

「昨日、うちに帰らなかったらしい。今、親達が捜し回ってる。……おまえ、あの子の友達かい？」

「……う、うん」

「そっか。……無事に見つかるといいよな」

そう言って、飴売りは飴をひとつかみ、弥助にくれた。

だが、弥助はとても飴に手をつける気分になれなかった。

おあきが、行方知れず。いなくなってしまった。消えてしまった。そんな、そんな！

気持ちが悪くなった。足元にぽっかりと穴があき、吸い込まれてしまうような感じだ。

まっすぐ立っていられず、思わずその場にしゃがみこんだ。どぶり、どぶりと、真っ黒な不安がこみあげてきて、心ノ臓がいやな音を立てている。

なんでまた。誰かに連れ去られてしまったんだろうか。若い娘のかどわかしは時折あるけれど、なんでまた、おあきなんだ。せっかく、うそあぶらから自由になれたばかりだというのに。

おあきの絶望に歪んだ顔が、いやでも思い浮かんだ。

「……いや、まだだ」

唸《うな》るように言って、弥助は立ちあがった。

まだあきらめない。あきらめるものか。さらわれたのが昨日なら、まだそう遠くへは行っていないはず。絶対捜す。捜しだしてみせる。

弥助は地を蹴立てて、走りだした。

おあきの身に何があったのか。

時は昨日に遡《さかのぼ》る。

弥助と別れたあと、おあきはうきうきと家に向かった。身も心も飛んで行ってしまいそうなほど軽かった。

もう嘘をつかなくてすむ。いやなことをしなくてすむ。本当に解き放たれた気分だ。

だが、人でごったがえす参道を抜けようとした時だ。

ふいに、誰かにつかまれ、強い力で引っぱられた。声をあげる隙もなく、人の目の届きにくい茶店と料亭の間の路地に連れ込まれる。

おあきは逃げようともがき、後ろを振り返った。

おあきを捕まえていたのは、職人風の三十がらみの男だった。端正だがこれといって特徴のない顔をしている。見た時は、「ああ、いい男」と思うのに、目をそらしたとたん、忘れてしまう。そういうたぐいの顔なのだ。

黒い手拭いで頭をおおった男は、気の毒そうにおあきに微笑《ほほえ》みかけてきた。

「困った子だねえ」

おあきの全身が総毛だった。

この声。忘れようのない、甘い声。

あの竹林の中の一軒家で聞いた声だ。

がたがたと震えている少女に、男はもう一度困ったねえと言った。

「うそあぶらを落としてしまうなんて。あれをつけている間は、見逃してあげられたのに。……こうなったら、ほんとにおまえさんをどうにかしなくちゃいけないねぇ」

「お、お、お願、い……ゆ、許し……て」

誰にも言わない。誰にも言わないから、見逃して。

声が出ず、必死で目で訴えるおあきに、男は身をかがめてささやいた。

「大丈夫。どうにかすると言っても、痛い目にはあわせないから。あたしはそういうことは嫌いだもの。ねえ、羽冥《うみよう》？」

男が奥の暗がりへと声をかけた。

ぬちゃりと、暗がりの中で湿った音がした。何かの気配がぬうっと生臭く、濃厚に立ちのぼってくる。

おあきは目を見張り、今度こそ悲鳴をあげようとした。その口を、男はやんわりと手でふさいできたのだ。

「ごめんね」

男はそう言って、微笑んだ。

そうして、おあきは姿を消したのだ。

八

梅の里の梅吉が、人間の弥助からおもちゃをもらった。梅吉はすっかり気に入って、たいそう自慢しているらしい。

そんな噂が耳に入り、月夜公の甥《おい》、津弓はうらやましくなった。

「津弓もほしいな。人間のおもちゃ、ほしい」

矢も楯《たて》もたまらず、津弓は屋敷を飛び出した。時が惜しくて、誰にも行き先は告げず、供の者達も連れて行かなかった。

これは本当はいけないことだった。叔父の月夜公は津弓に甘いが、津弓が一人で出かけることには厳しい。最近は特にそうで、「一人で屋敷から出てはならぬ」と、言われたばかりだ。

「でも、弥助のところだもの。子預かり屋のところに行くだけだし、叔父上だって許してくださるよ、きっと」

都合よく考え、津弓は橋池へと走っていった。

妖界には、橋池と呼ばれる小さな池があちこちにある。池と言っても、実際には妖界と人間界をつなぐ橋であり、門だ。水はなく、かわりに淡い虹色の光がゆらめいている。

その光の中に、津弓は身を躍らせた。

次の瞬間、津弓は真っ暗な路地に立っていた。人間界についたのだ。息を吸うと、色々な匂いがどっと押し寄せてきた。とりわけて強いのは、人間の匂いだ。

あまたの人間の、肌や汗や髪の匂い。良い匂いもあれば、鼻をつまみたくなるような悪臭もある。同じ人間同士でこうも違いがあるとは、不思議なものだ。

津弓は弥助の匂いを思い出した。弥助の匂いは、ちょうど日の光をあびて、ぐんぐんと大きくなろうとしている草木のような匂いがする。伸びやかで強くて温かい。だから好きだ。

その弥助にもうすぐ会える。

津弓はふくふくした顔に笑みを浮かべながら、走りだした。もう道は覚えているし、やろうと思えば、人間に気づかれないよう、夜風に乗っていくことだってできる。

「叔父上も飛黒も心配しすぎ。津弓はもう赤子じゃないのに」

心配症の叔父達を見返してやった気分になり、津弓はちょっと鼻が高くなった。

そうして、人間達がひしめきあって暮らしている、やたらとごちゃごちゃした場所にやってきた。長屋とかいうらしい。建物も路地も、どこもかしこも似通っているが、津弓は迷わなかった。匂いをたどれば、そら、そこが弥助達が住んでいるところだ。

津弓はわくわくしながら戸を叩いた。一人でやってきた自分を見て、弥助はどんな顔をするかしら？　あ、そういえば、この前は「一人で勝手に来ないように」と言われたんだった。弥助、怒るかしら？

誇らしかった気分が急激にしぼみ、津弓は怖じ気づいてしまった。この時、ぱっと戸が開いた。

「うっ……」

津弓はますます怖じ気づいた。そこにいたのは、弥助の養い親の千弥だったのだ。

津弓は千弥が苦手だった。叔父に負けぬほどきれいだが、津弓に対して、どことなく冷たくよそよそしいように思われる。

目を閉じたまま、千弥は白いきれいな顔を津弓に向けてきた。見えなくとも気配で感じ取ったのだろう。「津弓だね」と声をかけてきた。

「また一人で来たのかい？」

「あの、あの……」

もじもじとうつむく津弓に、急に千弥は甘い顔をした。いや、しめたと言わんばかりの顔だ。

「ちょうどよかったよ。お入り。弥助は中にいるから」

いつになく優しく言われ、津弓は戸惑った。

「入っていいの？」

「もちろんだよ。弥助に会いに来てくれたんだろう？　弥助、今少し元気がなくてね。おまえと会えば、少しは気が晴れるかもしれない。会ってやっておくれ」

「うん」

小さな部屋の中に入ってみれば、弥助はすみに座っていた。しみだらけの壁をぼんやり見ている。

津弓は嬉しくなって、すぐさま駆け寄った。

「弥助！　津弓、来たよ！」

「ん？　ああ、津弓か」

どよっとした目を、弥助は向けてきた。いつもの弥助らしからぬ、落ち込んだ声だ。

「なんか用かい？」

「遊びに来たの！　それでね、津弓もおもちゃほしい！」

「おもちゃ？」

「うん。弥助、梅吉におもちゃあげたでしょ？　津弓もほしい！　同じの、ほしい！」

屈託も遠慮もなく、津弓はねだった。その天真爛漫《てんしんらんまん》ぶりに、いつもの弥助なら苦笑したことだろう。

だが、その夜の弥助は違った。苦しそうに顔を歪《ゆが》ませたのだ。そろりと、その手が懐《ふところ》に伸びる。

津弓はそれを見逃さなかった。

「そこ？　持ってるの、おもちゃ？」

ちょうだいと手を差し出す津弓から、がばっと、弥助は飛び離れた。

「だ、だめだ！　これはだめ！」

「なんで？　梅吉にはあげたんでしょ？　どうして津弓にくれないの？」

「こ、これは……俺がもらったものなんだ。もらったものを、ほいほいとはあげられないだろ？」

「でも、梅吉にはあげたでしょ？」

「そ、それは……おもちゃをくれた子は、二つくれたんだ。一つは梅吉に、一つは俺に。だから、悪いけど、あげられないんだ」

ぷるぷると、津弓が震えだした。その目にいっぱい悔し涙があふれていく。

弥助は途方に暮れた顔をした。

「……なあ。こんなおもちゃ、浅草寺の出店にいくらでも売ってるから。もっといいものだって、たくさんあるからさ」

「それじゃ、連れてって。一緒に行こう。おもちゃ、一緒に買いに行こう」

ぐっと、弥助がまたつまった。

「……一人で行けないのか？」

「だって、それ、人間のお店でしょ？　津弓、叔父上に言われてるもの。一人で人間に近づいちゃだめって。だから、弥助が一緒に行ってくれなくちゃ」

「お、叔父さんに頼めばいいじゃないか。飛黒とかも、言えば付き合ってくれるだろ？」

「だめ。叔父上達は今、すごく忙しいんだもの。それに、津弓、弥助と行きたい！」

だめだと、弥助はかぶりを振った。

「悪いけど……俺、しばらく浅草寺のあたりには近づきたくないんだ」

「なんで？　ねえ、なんで？」

「なんでもだよ！　しつこくしないでくれよ！　頼むからさ！」

「弥助のいじわる！」

津弓は癇癪《かんしゃく》を起こして、ぶんぶん手を振りまわした。

「あれもだめ、これもだめ！　いじわるばっかり！　津弓のこと嫌いなの？　梅吉のことだけ贔屓《ひいき》するなんて、ずるい！　津弓だって弥助のこと好きなのに！」

「そ、そういうことじゃないんだって！」

「じゃ、なんで！　なんでなんで！」

「そこまでだ」

冷やかな声が降ってくるなり、津弓は首根っこをつかまれ、子犬か子猫のごとく持ち上げられた。言わずと知れた千弥のしわざだ。

「やっ！　離して！　離してよぅ！」

津弓がじたばた暴れても、千弥は眉一つ動かさなかった。

「今日はもうお帰り、津弓。弥助の機嫌も直らないようだし。おまえ、これ以上ここにいないほうがいいよ」

もう用はないと言わんばかりに、千弥は津弓を外に放り出した。

津弓は慌《あわ》てて戸口に駆け戻ろうとしたが、千弥はそれを許さなかった。

「弥助を困らせる子はいらない」

津弓の鼻先で、ぴしゃんと、戸が閉められてしまった。

取り残された津弓は、悲しいやら腹立たしいやらで、地団太を踏んだ。

「ふんだ！　なに！　なんなの、もう！　ひどいひどい！　弥助も千弥も！　叔父上に言いつけてやる！　津弓にひどいことしたって、言いつけてやるんだから！」

半泣きでわめいても、閉じられた戸は開かなかった。津弓は完全に締め出されてしまったのだ。

津弓はぷんぷん怒りながら、帰り道を歩きだした。だが、怒りの早足は次第に遅くなり、とぼとぼとした力のないものへ変わっていった。

「津弓だって弥助と友達なのに。弥助は津弓より、梅吉のほうが好きなのかしら？」

そう思うと悲しくて、むしゃくしゃして、なにがなんでも、おもちゃを手に入れたくなった。こうなったら津弓も意地だ。

「いいよいいよ。津弓、自分で買ってくるから！」

津弓が一人で人間の店に行ったと知ったら、「そんな無茶をさせちまったのか。ごめんよ」と、弥助も謝ってくれるかもしれない。あるいは、「一人でそんなとこまで行くなんて、おまえ、がんばったなぁ」と、感心してくれるかもしれない。

どちらにしろ、弥助はちゃんと津弓に向きあって、かまってくれるだろう。

そう。本当はおもちゃがほしいのではない。弥助にかまってもらいたいのだ。そのためだったら、津弓はなんだってするつもりだった。

ふたたび元気を取り戻し、津弓はそのまま浅草寺へと向かうことにした。こんな夜遅くでは、出店はみんな引き払ってしまっているということを、津弓は知らなかったのだ。

暗闇や静けさを恐れることもなく、津弓は進んでいった。

やがて、用水路にかけられた小さな橋の前にやってきた。かわりばえのしない、どこにでもあるような橋だ。

津弓は一瞬で渡ってしまうつもりだった。それなのにだ。橋の板を一歩踏んだとたん、その足が縫いとめられてた。

がくんと、つんのめり、津弓は派手に倒れてしまった。痛みに涙がわいた。

踏んだり蹴ったりだ。なんで自分ばかり、こんなひどい目にあわなくちゃいけないんだろう?

だが、起きあがろうとして、津弓はぎょっとなった。

立てない。体も手も足も、橋の床板にぴったりはりついて、動かせない。まるで、のりでも塗ってあったかのようだ。

うんうんと、唸《うな》りながらもがいていると、ふいに、背後に奇妙な気配を感じた。

「誰?」

振り返ることもできず、津弓は声をあげた。だが、答えはなかった。言葉を発するかわり、後ろにいる誰かはぺしゃりと音を立てた。舌《した》なめずりをするような音。うずくような感覚が、津弓の背中を駆けあがった。

「だ、誰？　誰なの？」

悲鳴をあげる津弓に、黒っぽい影がおおいかぶさった。

「津弓をどこにやった！」

戸板をふっ飛ばさん勢いで飛びこんできた月夜公に、遅い朝飯を食べていた弥助は、思わず味噌汁《みそしる》をふいてしまった。

むせる弥助を、月夜公は容赦なくつかみあげた。美しい顔は憤怒に燃え、三本の尾が龍のようにうねっている。激怒した千弥が湯のみを投げつけなかったら、勢いのまま弥助の首をへし折っていたかもしれない。

熱い茶をあびて、さっと月夜公は身をひいた。さすがは大妖怪と言うべきか。白い肌には赤いただれ一つ、できてはいない。むしろ、今ので少し我に返ったようだ。改めて弥助を睨《にら》みつけてきたが、その目は幾分、冷静になっていた。

「津弓はどこにおる！　ここに来たであろうが！　どこにおるのじゃ！」

月夜公の問いに、弥助は答えられなかった。まだ鼻の奥に味噌汁が残っていたし、月夜公につかみあげられた喉が痛くて、声が出せなかったのだ。

咳き込んでいる弥助を撫でながら、千弥がかわりに答えた。

「おまえの甥なら、とっくに帰ったよ」

氷よりもなお冷たい声だったが、月夜公は動じなかった。押し殺した声で聞き返してきた。

「帰った？　一人でか？　いつのことじゃ？」

「昨日の夜だよ。いきなりやってきて、弥助を困らせたからね。すぐに帰ってもらったよ。まだ帰ってないなら、おおかた、どこかで寄り道して、遊んでるんだろうよ」

「津弓に限って、そんなことはせぬわ！」

ぐわっと、尾の一本で、月夜公は千弥を突き上げてきた。千弥はとっさに鍋ぶたで、その一撃を防いだ。

「朝っぱらから迷惑だね！　あの甥にしてこの叔父ありだ！」

「やかましいわ！　なんだかんだといい加減なことをぬかしおって！　あの子はな、確かに好奇心が強く、遊びたがりじゃ。じゃが、やってよいことと悪いことは、きちんと区別がついておる。吾《われ》に内緒で出かけることはあっても、まる一晩も屋敷に帰ってこぬことはないわ！」

何かあったのじゃと、月夜公は絶叫した。千弥はうるさそうに顔をしかめたが、弥助は青ざめてしまった。

津弓が帰らなかった。俺がちゃんと相手をしなかったから。

月夜公は、弥助の表情に目ざとく気づいた。

「弥助。何か心当たりがあるのであれば、早《はよ》う言え！　さもないと、その口、引き裂いてやるぞえ！」

「弥助を脅すつもりなら、覚悟を決めておくんだね。……今度こそ、その顔をずたずたにしてやる」

「うぬは黙っておれ！」

「そっちこそお黙り！」

「ちょ、ちょっと待ってよ、二人とも！」

がなりあう月夜公と千弥の間に、弥助はなんとか割って入った。殺気立っている千弥を押さえるようにしながら、月夜公に向きあった。

「津弓は確かに昨日来たよ。おもちゃがほしいから、浅草寺の出店に連れてってくれって、ねだってきたんだ。でも、俺……断ったんだ。俺の……知り合いが、あのあたりで行方不明になっちまったもんだから。どうしても行きたくなくて……」

ぎゅっと、弥助は唇を噛んだ。自分の言葉が、針のように心に刺さってきたのだ。

あの日から毎日のように、弥助はあちこちを駆けずり回り、懸命におあきを捜した。やってくる妖怪達にも頼んで、捜してもらった。

だが、だめだった。おあきはまるで煙のように消えてしまっていた。手掛かり一つつかめず、落ち込んでいたところに、津弓が来たのだ。おあきのことさえなければ、もっとちゃんと相手になっていたものを。

後悔している弥助に、月夜公はかすれた声で先をうながした。

「……続けよ、弥助」

「あ、うん。俺、てっきり、津弓はそのまま帰ったのかなと思ったんだけど。……もしかしたら、一人で浅草寺に行ったのかもしれない。かなりへそ曲げてたから、かえって意地になっちまったのかも」

「………」

「あの……月夜公……？」

「……吾は、津弓の匂いをたどった。ある場所で、匂いはぷつりと途絶えておった。……信じられぬ。この吾が、あの子を見失うなど……」

がくりと、月夜公はうなだれた。これまでに見たことない、弱々しい姿だ。弥助はもちろんのこと、千弥でさえ驚いたようだ。

「そんなに不安がることはないんじゃないかい？　誰かに引きとめられ、遊んでいるのかもしれないし」

「……いや、白嵐よ。それはない。それはないのじゃ」

力なく月夜公はかぶりを振った。

「そもそも、それなら匂いが途絶えるはずがない。あの子に何かあったのじゃ。間違いない。……最近、子妖怪のかどわかしが相次いでいる。消え方がまったく同じなのじゃ」

ずくりと、弥助の心ノ臓がいやな音をたてた。津弓が消えたと聞いた時から、まさかとは思っていたが、やはりそうなのか。

「くそう！」

爪が食い込むほど、こぶしを握りしめた。

浅草寺では、これで二人の子供が消えたことになる。えんえんらと、津弓。

いや、もう一人いる。おあきだ。あの子も突然消えてしまった。せっかく、うそあぶらも落ちて、晴れ晴れとしていたのに。

おあきのことを思い出したところで、弥助ははっとなった。ふいに、頭に浮かんできたことがあったのだ。

「月夜公……もしかしたら関係ないかもしれないけど……気になる話を聞いたんだ」

「なんじゃ？　この際、なんでもかまわぬわ！　申せ申せ！」

そこで弥助は、おあきが見聞きしたという奇妙なことを話した。

道から離れた竹林に建つ一軒家。人間そっくりの人形。それを渡す男と、渡される男。

そして、行李《こうり》から引っぱりだされたというもの。

包み隠さず話したあと、弥助は付け加えた。

「これは人間の女の子が話してくれたんだ。でも、その子も消えちまった。俺にその話をした、その日のうちに……」

「消えた、とな」

考えこむ月夜公に、千弥も言った。

「ちなみに、その娘にはうそあぶらが憑《つ》いていたそうだよ」

「うそあぶらじゃと？」

「ああ。もともと嘘つきなら、うそあぶらに憑かれてもおかしくはない。でも、その子は全然そういう子じゃなかったそうだ。それが、いきなりうそあぶらにとりつかれた。それも、そのおかしなものを見た日にだ。……変じゃないかい？」

「そうじゃな」

気になるなと、月夜公もうなずいた。白い眉間にしわが寄る。

「その家にいたという二人の男。人形を持ち帰ったほうは、人間であろう。じゃが、もう一人の男。おそらく人形の作り手じゃろうが、こちらははなはだ怪しいわ」

「そうだね。人間だとしても、ただ者じゃない。たぶん、何かの術を極めている」

「……邪道に堕《お》ちた者かもしれんな」

難しい顔をしている月夜公と千弥を見て、弥助は冷たい汗をかいていた。さっきからいやな鼓動がおさまらない。

「な、なあ……もし、そいつが子供達をさらってるんだとして、いったい、なんのためだと思う?」

わからないと、二人はかぶりを振った。

「わからないけど、まず間違いなく、ろくでもないことだよ。……弥助、もしかしたらあの娘にうそあぶらが憑いていたのは、口封じのためだったのかもしれないよ」

「口封じ?」

「そう。見られたくないものを見られたから、うそあぶらをとりつかせて、娘の口を封じた。そうとしか思えない。そんな術を、人の身で操れるというなら……これはどうも、いやな感じがするね」

千弥の言葉に、月夜公の顔がさらに白くなった。さっと戸口に向かう月夜公に、千弥は声をかけた。

「どこに行くんだい？」

「ここにいても埒《らち》があかぬ。まずはその妖しげな家とやらを見つける」

「どこにあるのか、見当はつくのかい？　おまえ、人間界には疎《うと》いだろうに」

「疎かろうとなんだろうと、見つけ出してみせるわ。吾の妖力を全てしぼりだしてでもな」

急がなくてはならぬのだと、月夜公は形のよい唇を歪めた。

「一刻も早く、津弓を屋敷に連れ戻さなくてはならぬ」

「……おまえらしくもない。何をそんなに焦《あせ》っているんだい？」

「白嵐……津弓は、妖気違《ようきたが》えの子なのだ」

千弥ははっと息を呑んだが、弥助には意味がわからなかった。

「千にい。妖気違えってなんだい？」

「……妖気の質がまったく違うせいで、どうしても相容れない妖怪同士のことだ。それを、妖気違えというんだよ」

千弥の顔は厳しかった。

「本来なら、自分と合わない妖気の持ち主とは付き合わぬのが一番だ。だがもし、妖気が違う妖怪が夫婦となって、子供が生まれると……少々、厄介なことになるんだよ」

そのとおりだと、月夜公はうなずいた。

「そうじゃ。我が姉は、決して自分とは相容れぬ妖気の持ち主と夫婦になった。その結果、生まれたのが津弓じゃ。津弓の体の中では、常に二つの妖気が渦巻き、争いあっておる。それはあの子の命を蝕《むしば》むのじゃ。……津弓を生かすため、吾が津弓に施しておる術は、十や二十ではきかぬ」

「そ、それ、津弓も知ってんの？」

「むろんのことよ。あの子は自分の体のこともちゃんと知っておる。日々、特殊な薬を飲み、吾が妖気を抑える術を施す。そうしなければ、三日と生きていられぬ。そういう子なのじゃ」

弥助は息をするのも忘れていた。

あの津弓が、そんな重い宿命を背負っていたとは。あのころころとかわいい笑顔に、そんな影が潜《ひそ》んでいたとは。

ああ、なぜ俺はちゃんと津弓の相手をしてやらなかったんだろう。

後悔で、胸がしめつけられた。

月夜公は、すでに一夜過ぎてしまったと、ぽつりとつぶやいた。

「残る猶予《ゆうよ》は、あと二日半。それまでになんとしてもあの子を見つけ出す。それができねば……吾は……」

最後まで言わず、月夜公は風のように出ていった。

千弥が立ちあがったのは、そのあとすぐのことだった。

「弥助、悪いが留守番を頼めるかい？」

「月夜公と一緒に行くの？」

「……あいつのあんな声を聞くのは初めてだ。このまま見ぬふりはできないよ」

「千にい……もしかして、月夜公とは昔、友達だった？」

「なんでそう思うんだい？」

「だって……仲が悪いくせに、お互いのことをよく知ってるみたいだから。なんかあったの？」

「昔の話さ。それはいずれ話してあげるよ。まあ、昔の因縁《いんねん》だけで動こうってわけじゃないよ。ここであいつに恩を売っておいても、損はないからね」

そう言って、千弥も出ていった。

九

一人残された弥助は、食べかけの朝餉《あさげ》をのろのろと片づけた。食欲はすっかり失せてしまっていた。胸がむかむかして、飯も味噌汁《みそしる》も、これ以上は一口も食べられそうにない。

津弓のことが頭から離れなかった。

泣いてはいないだろうか。ひどい目にあってはいないだろうか。

どんどん、いやな想像ばかりが浮かんでくる。ぼろぼろになって倒れている津弓の姿が思い浮かび、弥助はぶんぶんとかぶりを振った。

いや、大丈夫だ。あの月夜公が本気になって捜しているのだ。千弥も手を貸すと言っている。きっとすぐに見つかる。必ず見つかる。津弓だけじゃない。神隠しにあった他の妖怪も、もしかしたら、おあきも。そうだ。おあきも、きっと見つかるに違いない。

波のように押し寄せてくる不安と絶望に、必死で抗《あらが》っていた時だ。ふいに、背後で戸が開く音がした。

千弥がもう戻ってきたのかと、弥助は振り向いた。そして、絶句した。

戸口を開けて入ってきたのは、若い男だった。こちらを見て、にやりとする顔には見覚えがあった。だが、前に見た時は、もっと無表情で、うつろな目をしていた。こんな凶悪な下卑《げび》た笑みは浮かべていなかったはずだ。

入ってきた男、太一郎は後ろ手で戸を閉めた。その間も、その目はむさぼるように弥助から離れなかった。

「やっと見つけた」

久蔵のはとこはまずそう言った。気味の悪い、ねっとりした声だった。

「おまえ、久蔵の家の小僧じゃなかったんだね。おかげで捜したよ。手間取らせてくれたもんだ」

「な、なんで、ここに……久蔵、さんなら、ここには来てないよ」

「おまえ、さては阿呆《あほう》だね」

太一郎の笑みが深くなった。

「おまえを捜してたって、言ったじゃないか。用があるのはおまえだよ」

ぞばばばっと、弥助は鳥肌が立った。ものすごくいやな感じがした。大声をあげたいが、ひゅうひゅうと、か細い息をするのがやっとだ。

いや、そもそもここで声をあげても無駄だ。この部屋には音消しの結界が張られている。ここで起きる騒ぎが周囲の人間にもれぬようにと、妖怪達が施してくれたものだ。子妖怪達は何かと騒ぎを起こすので、いままで重宝していたのだが、ここにきてそれがあだになるとは。

外だ。とにかく外に出て、助けを求めよう。

だが、体さえも動かなかった。

ああ、今が夜だったら、玉雪がいてくれたのに。妖怪の玉雪なら、きっとこの男から弥助を守ってくれただろう。だが、今は朝。玉雪は帰ってしまった。

くそくそ！　どうしたらいいんだ！

だらだらと、冷や汗をかいている少年を、太一郎は楽しげに見つめていた。ちょうど、獲物を追い詰めた蛇《へび》のような目だった。

「おっかさんがね、言うんだよ」

太一郎はささやいた。

「久蔵のものを全部壊しちまえって。俺をひどい目にあわせた、そのお返しをしてやれって。俺もそうしなくちゃって思う。あいつが悔しがったり、悲しんだりする顔を思い浮かべるだけで、胸がぞくぞくして楽しいんだよ。……一目でわかったよ。久蔵がおまえを特別かわいがってるんだって。だからね……悪いけど、壊させてもらうよ」

のしかかるように襲いかかってきた太一郎を、弥助は避けることができなかった。

大柄でがっしりとした体軀《たいく》の太一郎は、いともたやすく弥助を押し倒し、喉に手をかけてきた。

「ぐっ！」

太い指が喉に食い込んだ時、弥助は目を見張った。

冷たい。

雪に埋もれていたかのように、太一郎の指にはまるで温もりがなかった。その冷たさに、弥助は我に返った。

（こ、この野郎ぉ！）

こんなやつに殺されてたまるものか。

弥助は無茶苦茶に暴れた。運よく持ちあがった膝が、太一郎の胸を打った。ぐっと、ひるむ男の喉に向けて、弥助は思い切りこぶしを突き上げた。

「ぎっ！」

これにはたまらず、太一郎が後ろにそっくりかえった。

今だ！

弥助は体を転がして、横に逃れようとした。だが、起きあがる前に、足首をつかまれ、引っぱられた。自分の肩越しに後ろを見れば、太一郎が笑っていた。すごい笑いだった。もっともっと暴れろと、その目が言っていた。弥助の抵抗を楽しんでいるのだ。

「ち、ちくしょう！」

引き寄せられそうになり、弥助は何かにしがみつこうと、手を伸ばした。その手が、堅いものに触れた。

それが何か確かめることもせず、弥助は触れたものをとっさにつかみ、思い切り太一郎めがけて振り下ろした。

べきん。

変な音と感触がしたが、かまわず二度、三度と、夢中で振るった。すると、足首をつかんでいた力がゆるみ、弥助は自由になるのを感じた。

今度こそ起きあがり、壁を背にして太一郎と向き直った。手に握った武器が、またたびの棒だと、やっとわかった。妖猫《ようびょう》のくらからもらったもので、ちょうどすりこぎほどの太さと長さがある。

「へへ。りんのことで世話になったからさ。礼だよ。こんなに立派で香りのいいやつはめったにないぜ」

と、くらは自慢そうに言っていた。人間の弥助は何に使ったらよいかわからず、ずっと部屋の片隅に転がしておいたのだが。思わぬところで役立ってくれたものだ。

死ぬほどありがたく思いながら、弥助は棒を刀のように構えた。ここで奇妙なことに気づいた。太一郎が襲ってこないのだ。ただ立ちつくし、きょとんとしたような、なんともわけのわからない表情で、じっと床を見ている。

いったい何に気をとられているんだと、弥助も床を見た。見て、ぎょっとした。

なんと、腕が落ちていた。

腕だ。何度見ても間違いない。大人の腕が一本、そこにある。まるで大根のように、床に転がっているのだ。それでいて、血はどこにも見当たらない。ただ、砂のような白いものがばらばらっと落ちているだけだ。

ゆらりと、太一郎が身動きした。自分の袖《そで》、ぶらぶらと力なく揺れている右袖に左手を伸ばす。

確かめるように、太一郎は何度も袖をつかんだ。が、くしゃりとつぶれるばかりで、中身に触れることはない。間違いなく、そこに腕はなかった。

やはり、床に落ちているのは太一郎の腕なのだ。

生臭い吐き気がこみあげてきて、弥助は必死で歯を食いしばった。いったい、どうなってるんだ。

「いったい、どうなってんだい……？」

呆《ほう》けたような声で、太一郎もつぶやいた。

「これ、俺の腕、だろう？　なんでこんな。俺、何も感じないのに……なんだ、これ」

そうつぶやく間にも、太一郎の目は膜がかかったように、すうっと濁《にご》っていった。

やがて、太一郎はゆっくりと自分の腕を拾い上げた。

「あの人のところに行かなきゃ。壊れちまったんだもの。直してもらわなきゃ」

そんなことをぶつぶつ言いながら、太一郎は腕を抱きかかえ、ふらふらと戸口から出ていった。もう弥助には見向きもしなかった。すっかり弥助のことを忘れてしまったかのようだ。

男が出ていき、弥助は膝から力が抜けそうになった。

（ま、まだだ！　しっかりしろ！）

あいつはどこかに行こうとしている。どこに行くのか、突き止めないと。

弥助はまたたび棒を握りしめたまま、外へと飛び出した。

太一郎が、ちょうど路地の角を曲がるところだった。

弥助はびりびり気を張り詰めながら、あとをつけていった。太一郎は一度も振り返らなかった。酒に酔っているかのような、おぼつかない足取りのまま、前へ前へと進んでいく。もしかしたら、弥助が隣に並んでも、気づかなかったかもしれない。

だが、油断は禁物だ。

弥助はどんなことがあっても見失わないよう、太一郎の背中から目を離さなかった。

そうして、いつしか二人は街道を離れ、人気のないところへとやってきていた。まわりには田畑が広がり、点々と百姓家があるだけだ。

そして、細いあぜ道の先には、こんもりとした小山があった。小山は竹でおおわれており、風が吹くたびに、竹の枝がざざざ、ざざざと、波のようにうねる。

その竹林の中へと、太一郎は入っていった。

ちょっと躊躇《ちゅうちょ》したものの、弥助もすぐにそのあとに続いた。

立派な竹林だった。竹はどれも見事に太く、柱のようにそびえている。幹と葉はつやつやとした濃緑で、美しい。地面は枯れた葉ですっかりおおわれ、こもれ日がさしこむところだけ、白金色に光って見える。

また、竹林の中はびっくりするほど静かだった。風にゆさぶられているのは、はるか上の枝先だけ。あまりに静かでほの暗いので、まるで深い水の底にいるような不思議な心地になる。

一瞬気をとられかけたものの、弥助は我に返り、前を見た。

太一郎が斜面を登っていた。この幻想的な光景も、どうでもいいようだ。ひたすら前に進むその様子は、明らかにおかしかった。

弥助はぞくぞくっとした。

これ以上はやめたほうがいいかもしれない。もう引き返したほうがいいかもしれない。いやいや。ここまで来たのだ。あと少しだけ。あと少しだけ、あとをつけてみよう。

戻りたいという気持ちを抑えこみ、弥助はさらに太一郎をつけていった。

と、竹林が少し開け、そこそこ大きな一軒家が突然見えてきた。かなり古びた家で、茅《かや》ぶき屋根には緑の苔《こけ》がびっしりとつき、障子《しょうじ》もあちこち破れている。

太一郎は、すいっと、吸い込まれるようにその家に入っていった。

斜面に腹ばいになりながら、弥助はじっと家を窺《うかが》った。

家は静かだったが、人の気配がした。なにやら話しているような声も聞こえる。が、さすがにそこまでが限界で、それ以上のことはわからない。

もう少し近づくか。それとも、今日はこれで帰るか。

迷っていた時だ。からっと、音を立てて家の戸口が開いた。そこから出てきた人物を見て、弥助は息が止まるかと思った。

「おあきちゃん！」

思わず飛び出していた。

目の前まで近づけば、もう間違えようがない。ぱっちりと大きな目に、ちょっときつめの口元。髷《まげ》にさした赤い布の花簪《はなかんざし》。そこに立っているのは、おあきだった。十日前に姿を消した少女だ。

生きていた！　無事だったのだ！

弥助は驚くやら嬉しいやらで、声がつまってしまった。

だが、おあきは無表情のまま、駆け寄ってきた弥助を見つめていた。その目が奇妙に濁っているのに気づき、弥助はなにやら下腹のあたりが寒くなった。

「おあきちゃん……大丈夫かい？」

「……………」

「俺だよ。弥助。おあきちゃんのうそあぶら、落としてやった弥助だよ」

「……………」

「いきなりいなくなったから、心配してたんだ。みんなも捜してたよ。……どうしてたんだよ？　どうして、いなくなったりしたんだい？」

弥助が何を問いかけても、おあきはいっこうに答えない。聞こえていないかのように、ぼんやりと立ちつくしている。

あまりの無反応に、弥助はうろたえた。

これは本当におあきだろうか？　あの、溌剌《はつらつ》としていたおあきだろうか？　とてもそうは思えない。まるで別人だ。

喜びと興奮が見る間にしぼんでいき、なんとも言えない焦《あせ》りがしみだしてきた。

「おあきちゃん……いったい、どうしちゃったんだよ」

弥助は嘆きながら、おあきの手を取った。とたん、はっとなった。

おあきの手は冷たかった。温もりがまったくないところといい、太一郎の手と同じだ。

だが、この時の弥助はおかしいと思うよりも、怖くなった。

きっと、おあきは病気なのだ。お医者に診てもらわなくては。

「おあきちゃん、行こう。お医者のとこに行かなきゃだめだ」

だが、引っぱっても、おあきは動かない。

業《ごう》を煮やした弥助は、おあきの体を抱き上げた。ここでまた、ぎょっとした。おあきの体は驚くほど軽かったのだ。この十日間、何も食べていなかったのだろうか。

異様な重みのなさ、そしてぐんにゃりと体を預けてくるおあきの様子に、弥助はやっと

「おかしい」と気づいた。

何かが変だ。

その時だった。

「何をやってるんだい？　水はどうした？」

家の中から声がした。

ぶわっと、弥助の毛穴という毛穴から、汗がふきだした。

なんて声だ。甘いのに、ものすごく怖い。闇が塗りこめられたみたいな声だ。こんな声の持ち主が、ただの人間であるはずがない。善い存在であるわけがない。逃げなくては。今すぐおあきを連れて逃げなくては。

そう思うのに、足が動かない。弥助はすっかり気圧《けお》されてしまったのだ。

その気配を感じ取ったらしい。声の主が、「おや？」と言った。

「誰かいるんだね。……連れておいで、おあき」

おあきが突然動いた。それまで大人しくしていたのが嘘のように、弥助に激しくつかみかかってきたのだ。

「な、何すん……や、やめ！」

弥助はおあきの動きを封じようとしたが、逆に手首をつかまれ、すごい力でひねりあげられた。

弥助は悲鳴をあげたが、それでもおあきは容赦しなかった。体勢を崩す少年を、今度は思い切り突き飛ばしたのだ。

弥助はなすすべもなく後ろに倒れ、家の壁に頭を打ち付けた。

ごんと、いやな音がして、弥助はたちまち気を失った。

十

気づいた時、弥助は冷たい床の上に転がされていた。最初は何がなんだかわからなかった。

ここ、どこだ？　なんで俺、こんなに頭が痛いんだ？

とりあえず起きあがろうとして、両手を後ろで縛られていることに気づいた。とたん、自分の身に何があったかを思い出した。

お、俺、捕まったのか……。

すうっと、頭のてっぺんから足の指先まで、血の気が抜けていくような気がした。心ノ臓だけがばくばくと、痛いほど脈打ちだす。

落ち着け。落ち着くんだ。

必死で呼吸をしながら、あたりの様子を窺《うかが》った。縛られているせいで、身動きはほとんどとれなかった。それでも、自分がとても狭い一間にいることはわかったし、自分のまわりにごちゃごちゃと道具や袋などが置かれているのもわかった。すぐ目の前には戸らしきものもある。

どうやらここは納戸らしい。

そこまでわかった時、ふいに、目の前の戸が開かれた。

「お、おあきちゃん……」

戸を開けたのは、おあきだった。

あいかわらずの無表情のまま、おあきは弥助の襟首をつかんで、納戸から引きずりだした。

「や、やめてくれよ、おあきちゃん！」

弥助の懇願《こんがん》を無視し、おあきはずりずりと弥助を引きずっていった。そうして、湿っぽい畳の上に、弥助を投げ出したのだ。

そこは暗い部屋だった。雨漏りがひどいのだろう。天井のほうは黒かびだらけで、床の畳もぶよぶよだ。そのせいかひどくかび臭かった。

思わず咳き込んでいると、ふいに、部屋の奥の暗がりから笑い声が響いてきた。

くすくすと笑うその声に、弥助は体がこわばった。

あいつだ。あの声の主が、そこにいる！

怖いから、見たくはなかった。だが、目を背《そむ》け続けることもできず、結局顔をあげてしまった。

男がいた。藁蓋《わろうだ》の上にあぐらをかいて座り、こちらを興味深そうに見つめている。

歳は三十そこそこといったところか。色が白く、面長で、優しげな目元とふっくりとした口元に、品がある。なかなかのいい男と言えよう。が、どこか作り物めいていて、生気に乏しい。

また、男は変わった風体をしていた。全身を包むのは、黒い装束《しょうぞく》だ。股引《ももひき》から、袖《そで》の短い着物にいたるまで、全て黒い。頭まで、薄い黒布でおおっている。まるで舞台に出てくる黒衣《くろこ》のようだ。

そのせいか、男は奇妙なほど存在感がなかった。まるで闇色の空気がこごって、男の形を作ってでもいるかのように、弥助には思えた。

その闇が口をきいた。

「おまえは誰? どうしてここに来たりしたんだい?」

ささやくような声は、本当に優しかった。べったりとした甘みにあふれていた。それが弥助を恐怖させた。この男は、魂《たましい》のどこかが壊れている。そうでなければ、こんな声を出せるはずがない。

ぶるぶると震えている少年に、男は笑った。

「そんなに怖がることないのに。何もしない……とは言わないけど、そうひどい目にはあわせないからね。まぁ、あまり心配せず、そこにおいで。悪いけど、先に片づけなきゃいけない仕事があってねえ。おまえのことはそれがすんだら、ちゃんとしてあげるから」

男はそう言って、弥助のそばに立っていたおあきに、「水を持って来ておくれ」と命じた。言われるままに、おあきは部屋から出ていった。弥助には目もくれなかった。

「あ、あんた……おあきちゃんに、な、何したんだよ」

弥助は無理やり声をしぼりだした。男はちょっと目を見張った。

「なんだ。おまえ、あの子の知り合いだったのかい？」

「……何したんだよ！」

「ああ、ふうん。そうだったのか。それで、ここに来たわけだ」

一人で納得したまま、男はそれ以上は弥助にかまわず、部屋の奥でごそごそと、なにやら物を取り出し始めた。小さな壺、刷毛《はけ》、筆とすずり、布などが、横一列に並べられていく。おあきが運んできた水桶も置かれた。

と、いったん男は部屋の外へ出て、すぐにまた戻ってきた。その手には、腕が一本、抱えられていた。

「ひっ！」

弥助は小さく悲鳴をあげた。

大きくて太い腕だ。だが、真っ白で、付け根のあたりには、細かなひびが入ってしまっている。作り物なのだ。

男は広げた布の上に、そっと腕を横たえた。それから壺の封を開けた。

むわっと、吐き気がするような悪臭があふれた。腐った土のような、鼻にこびりついてくるような重たい臭い。沼の藻のような生臭さを含んだ臭い。

弥助は口で息をした。そうすると、口の中が苦くなって、余計に気持ちが悪くなった。

だが、男のほうは眉一つ動かさず、刷毛を壺に差し入れた。そうして、刷毛を持ち上げると、ねとねとと糸を引くものがからみついていた。

すう。すう。

男は作り物の腕に刷毛を滑らせ始めた。丹念に丹念に、粘液を塗りこめていく。だんだんと、ひび割れが薄れだした。

直しているんだと思ったところで、弥助ははっとした。

まさか。

「……そ、その腕、もしかして、太一郎の……」

作業に熱中していた男が顔をあげた。

「驚いたね。太一郎の若旦那とも知り合いだなんて。なんでまた……もしかして、この腕を壊したのはおまえかい？」

男の声が少し怖いものとなった。

まずい。怒らせてしまったのか。

冷たい牙《きば》を持つものに、がりがりとかじられるような恐怖を、弥助は感じた。

だが、男は怒らなかった。ただ深くため息をついた。

「ひどいことをしておくれだねぇ。とても丁寧《ていねい》に作ったものだったんだよ？　それを損《そこ》ねるなんて。おかげで修理に少しかかってしまう。あのお袋さんに、またさんざんに急《せ》かされてしまうよ」

弥助はまじまじと男を見た。さらに、男が持っている腕を、穴が開くほど見つめた。

何を、この男は言っているんだろう？

これは太一郎の腕だという。それを作ったのは自分だと、男は言う。いったい、何がどうなっているのか、まるでわからなかった。頭の中をぐしゃぐしゃにかきまぜられたみたいだ。

弥助の混乱を見てとったのか、男が微笑《ほほえ》んだ。

「あたしは人形師の虚丸《うろまる》っていうんだよ」

「人形、師……」

「そう。あたしが作る人形は、生き人形というものでね。どれも特別さ。なんたって、生きた人間の顔姿を、そのまま写し取ってこしらえるんだからねえ」

虚丸は目を輝かせながら、嬉しげに語りだした。

「黄泉《よみ》人形ってのを知らないかい？　死んだ人そっくりに作られる人形のことだよ。愛《いと》しい誰かが死んじまうと、人間の心に穴があいちまうだろう？　その穴を埋めるために作られるのが、黄泉人形さ。あたしが生まれた土地じゃ、どこの家にもいたねえ」

死人の名前で呼ばれ、大切にされる人形達。そうして生者の心が癒えれば、火にくべられ、浄化されるという。

「あたしは、黄泉人形をこしらえる家に生まれ育ったんだ。でも、あたしはただそれだけじゃ満足できなかった。あたしの作る人形は、人間以上に人間らしいんだもの。これをもっともっと良いものに完成させたい。いっそ、本当の人間にしちまうことだって、できるんじゃないだろうか。あたしはその想いにとりつかれてしまったのさ」

虚丸は遮二無二《しゃにむに》学んだ。方々から術書をとりよせて、陰陽道《おんみょうどう》、さらにはもっと闇の知識にまで踏み込んでいったという。

だが、そんな彼を、里の者達は嫌った。

黄泉人形はあくまで人形であるべき。

虚丸がどんなに人形の無限性を説いても、まわりの者は耳を貸さなかった。

「で、結局は異端だと罵《ののし》られて、追い出されてしまったんだよ。あたしは途方にくれたさ。あたしの人形作りの腕前は最高だったけど、人形を人形以上のものにさせるには、まだまだ力が足りなかったからね」

人間にはない力。あやかしの力。虚丸はそれを激しく望んだ。そして、それは奇妙な形で叶えられることとなった。

にたっと、虚丸は笑った。

「相棒ができたのさ。そいつはね、どうやってか、あたしの望みを嗅ぎつけて、話しかけてきた。そいつがほしがるものをあたしが差し出せば、力を貸してくれるって言うんだ。最初は驚いたし、疑いもした。でも、とりあえず試してみることにしたのさ。……結果は大成功だったよ」

にたにたと、思い出し笑いが止まらぬ様子の虚丸。その笑みに、弥助は心底ぞっとした。

「あ、あんた……いったい、何をやってるんだ？　何を成功させたんだよ！」

「やれやれ。ここまで話して、まだわからないなんて、鈍い子だねえ」

少し機嫌を損ねたように、虚丸は鼻を鳴らした。

「あたしはね、人形を人間にしてるんだよ」

部屋の中の温度が、一気に下がった気がした。

「ひ……あ……」

歯の根が合わないほど震えだす少年に、虚丸は「これは人助けさ」と言った。

「大怪我や病気で体が損なわれた人の魂を、傷一つないきれいな人形の体に移してやってるんだからね。人形は、もともとその人そっくりにこしらえてあるから、魂もなじみやすい。移された人も、自分の体がもう生身じゃないってことに気づかないほどだ。……そう。生き人形なんてもんじゃないね。あたしはもう、人間そのものを作っているってわけだ！」

嘘だと、弥助は叫んだ。

「そ、そんなこと、できっこない！」

「できるんだよ。あたしには相棒がいるって言ったろう？　あいつの力があれば、これからもいくらでも生き人形は作れる」

「……」

「あの太一郎って男もそうだよ。遊郭《ゆうかく》で悪い病気をもらってきて、死にかけていた。あたしは母親に頼まれて、人形作りにかかったんだ。大変だったよ。病気のせいで、顔がずいぶん崩れていたからね。横にいる母親はぎゃあぎゃあうるさいし。それでも、なんとか元気だった頃に生き写しの人形をこしらえた。それを壊してくれるなんて。恨めしいったらないねえ」

恨めしいと口で言いつつ、虚丸はさも愛しげに太一郎の腕をいじくっている。指先に触れたり、撫で上げたりと、その手が愛撫をやめることはない。こうして、もう一度自分の手で触れられることが、嬉しくてたまらない様子だ。

この男は、人形というものに魂の全てを捧げているようだった。人形さえあれば、自分が満足できる人形さえ作れるなら、他のことはどうだっていい。それがひしひしと感じられる。その人間らしさを欠いたところが恐ろしかった。

それなのにだ。虚丸は「あたしはね、みんなを幸せにしているんだ」と言った。

「そうとも。あたしは人を助けてるんだよ。死にかけた人、病で苦しむ人は、元気になれて幸せになれるだろ? その人を大事に思っている人達、家族や恋人もとても喜ぶ。そして、あたしもね。あたしの人形に魂が宿り、動きだし、しゃべりだす。こんなすごいことってない。人形師として、こんな誇らしいことはないよ。どうだい? みんな幸せだろう?」

そんなはずはないと、弥助は即座に思った。

人よりも人形のほうが大切な男がやっていることが、いいことであるはずがない。虚丸がやっていることは必ず大きな闇を生んでいるはずだ。

ここで、弥助はあることに気づいた。さっきから虚丸が言っている相棒だ。不思議な力を持ち、虚丸の歪《ゆが》んだ欲望を嗅ぎつけ、その願いを叶えようと申し出たという。だが、ただでそんなことをするはずがない。虚丸に力を貸すのには、必ず理由があるはずだ。

「あんたは……見返りに何を差し出してるんだよ?」

「ん?」

「相棒だよ。相棒ってやつに、いったい何を渡してるんだ?」

一瞬、虚丸の顔がゆらいだ。まるでいやなことを思い出してしまったかのような表情。その時だけは、虚丸が人間らしく見えた。

だが、それはあっという間にかき消えて、虚丸はまたのっぺりと笑みを浮かべたのだ。

「そんなことが気になるなんて、変わった子だねぇ。ああ、別にたいしたものじゃないよ」

「だから、な、なんなんだよ!」

「ただのごみだよ」

「ごみ?」

面食らう弥助に、虚丸はうなずいた。

「そうだよ。生き人形作りで出る、残りかす。それが、あいつのほしがるものなんだ。こっちとしては一石二鳥だよ。あの手のごみは、始末が大変でね。燃すのも捨てるのも埋めるのも、厄介ときてる。あいつが引き取ってくれて、大助かりさ」

この男が、こうまできっぱり「ごみ」と言い切るもの。燃やすのも捨てるのも埋めるのも厄介なものといったら……。

あるものが思い当たり、弥助は生臭いものが喉の奥からこみあげてきた。

「まさか……じゃ、じゃあ、おあきちゃんが見たっていうのは……」

「おや。おあきはそこまでおまえに話してしまっていたのかい？　いけないね。それじゃますます、おまえを帰せないじゃないか。……ああ、そうだよ。魂が抜けて、いらなくなったもとの器さ。いやな言い方をするなら、死体だね。おや、そんな顔をおしでないよ。これはどうしたって、しようのないことなんだから。人形がもう新しい器なんだから、古いほうは当然片づけないといけないだろう？　同じ人間は二人いらないわけだし」

「だからって……ごみって……人、なんだぞ」

弥助は泣きそうだった。

悔しかった。虚丸の身勝手さに、腹が立ってしかたなかった。だが、同時に悲しかった。人としての心がすっぽり抜け落ちてしまっている虚丸が、奇妙に哀れに思えたのだ。

いったい、どうしてこんなふうに生まれ落ちてしまったんだろう。なぜ、当たり前の情がないんだろう？　人形にしか執着できないなんて、悲しすぎる。

すすり泣く弥助を、虚丸は不思議そうに見下ろしていた。だが、興味を失ったように、ふたたび腕の修理に没頭し始めた。

おあきはそのかたわらに立ち、作業を手伝っていた。動きは鈍いが、虚丸が何か命じれば、そのとおりにする。

ああっと、弥助は目を閉じた。おあきの姿を見ていられなかったのだ。これまで必死に、「嘘だ。きっと違う」と、心の中で唱えていた。だが、虚丸の話を聞いたあとでは、もはや答えは一つしか出てこない。

「おあきちゃんを……人形にしちまったんだな」

弥助のうめくような声に、虚丸は顔もあげず、うんと、うなずいた。

「この子は特別だよ。ほんとは人形になんかしたくなかったんだ。だって、この子は元気だし、どこも損なわれていなかったし。だけど、羽冥が死体を片づけるところを見られちまったからね。ああ、羽冥ってのは、あたしの相棒だよ」

「………」

「とりあえず、うそあぶらっていう魔を憑《つ》けて、口封じすることにしたんだけど。この子ときたら、どういうわけか、そいつをはずしちまってね。もうどうしようもないってことで、人形にしてやったんだ。詫びの気持ちを込めて、本当に丁寧にこしらえたんだよ。この子はどこにも、誰にもやらないよ。あたしだけの、かわいい人形さんだ」

ねえ、おあきと、虚丸は愛しげにおあきの唇に触れた。その姿に、弥助は吐き気がした。口いっぱいに汚泥を詰め込まれたような心地だ。

ちくしょうちくしょう！　薄汚い手でおあきちゃんに触るな！

憎しみで腹がただれそうだった。

だが、それ以上にあふれてくるのは、絶望だった。

千弥が「うそあぶらが憑いていたのは、口封じのためだったのかもしれないよ」と言った時から、弥助は恐れていたのだ。自分がうそあぶらを落としたから、おあきはさらわれてしまったのではないかと。

それはあまりに恐ろしく、ずっと考えまいとしていた。それなのに……。

(俺が、余計なことしなけりゃ、おあきちゃんは……まだ生きてたかもしれない)

嘘をつく子として、みんなに嫌われ、本人も死ぬほど悩んでいたとしても、本当に死ぬことはなかったかもしれない。

いや、やはりうそあぶらは落とすしかなかった。だとしたら、どこでしくじった？　ああ、あれだ。おあきを家まで送っていかなかったのが、いけなかったんだ。自分が一緒についていれば、虚丸も手出しはしなかったはず。あと、おあきの話をもっとちゃんと聞くべきだった。怖がらせるとわかっていても、「用心しろ」と忠告すればよかった。

あとからあとから、こうしておけばよかったという苦い後悔がわいてくる。だが、どんなに後悔しても、事実は変わらない。

自分が、おあきの息の根を止めてしまったのだ。

ずぶりと、大きな刃《やいば》を突きたてられるような痛みに、弥助は目の前が真っ暗になりそうだった。

身を伏せ、細かく震えている弥助を、虚丸がからかうようにのぞきこんできた。

「おや、どうしたんだい？　急に黙ると、かえって不気味だよ？」

「……の野郎！」

虚丸に対する哀れみは、すっかり消えてしまっていた。やっていいことと悪いことがある。たとえ、人としての心を持っていなくとも、この世に生まれたからは、人の領域を守らなくてはいけない。それを理解できなくともだ。

だが、この男はそれを踏み越えてしまった。生まれてはじめて殺したいと思うほど弥助は激しく相手を憎んだ。

「この、人でなし！　何が人助けだよ！　お、おあきちゃんを人形にしやがって！　こ、殺したんだぞ、馬鹿野郎！」

「うるさいねえ。殺したんじゃない。永遠に朽《く》ちることのない体にしてやっただけだってば。この子だって、案外喜んでいるかもしれないじゃないか」

「そんなこと、あるわけないだろ！　何言ってんだ！　だ、だったら、おまえが人形になれってんだよ！」

「ああ、いずれはそうするつもりだよ」

絶句する弥助の前で、うっとりと虚丸は目を潤《うる》ませた。

「いいじゃないか、人形。最高だよ。そうなれば、ずっと清らかでいられる。もう汚いものをひりだすこともないし、顔に醜《みにく》いしわが出てくることもない。ああ、あたしの本当の望みはそこなんだよ。あたしは人形になりたいのさ！」

「……本気、なのか？」

「もちろんだよ。今ね、あたし自身の人形を作ってるとこなんだよ。これこそ、あたしの最高傑作になる。そりゃもう間違いない。羽冥がもう少し力をつけたら、その人形にあたしの魂を移してくれるって。だから、その時まで、丹念に丹念に磨きをかけていくつもりだよ。ほんとにねえ、それがまた楽しくってさ」

飴玉《あめだま》を頬張る子供のように笑う虚丸。

正気じゃないと、弥助はつぶやいた。

まさか、男の魂がここまでねじくれていたとは。

もうだめだと、心の底から絶望した。この男には何も伝わらない。おあきも、もとには戻れない。そして、自分も助からないだろう。

(千にい……助けて)

この世で一番大切な人の名を、弥助は心の中で呼んだ。その名にすがらないと、自分の心が壊れそうだったのだ。

虚丸はそんな弥助ににこりと笑いかけた。

「大丈夫。おまえを仲間はずれにはしないからね。おあきと対の人形にしてあげるよ。ずっとずっと一緒にいられるんだ。嬉しいだろう？　ねえ？」

弥助は目をぎゅっとつぶった。もう何も見たくなかった。

十一

それからどれほど経っただろうか。「これくらいでよさそうだね」という虚丸のつぶやきに、弥助は顔をあげた。

虚丸が例の腕を熱心に調べているところだった。あのひび割れは、すでにきれいに直っている。

何度も撫でて確かめたあと、虚丸は少し顔をしかめた。

「うーん。肌はこれでいいとして、これをくっつけるとなると、やっぱりつなぎが必要だね。羽冥にちょいと頼まなきゃ。ちょうど日も暮れた頃だし、そろそろあいつも起きるだろう」

立ちあがったところで、虚丸はくるりと弥助のほうを振り向いた。

「せっかくだから、最後まで見せてあげるよ。あたしがどうやって生き人形を作っているか、知りたいだろう？　おあき。その子を奥へ連れといで」

虚丸に命じられ、おあきがふたたび動いた。弥助の襟をつかんで、引きずりだす。おあきの冷たい指が首に触れ、弥助はぞっとした。人形というより死人の指だ。血の通わぬ、恐ろしくて悲しい冷たさだ。

逃れようと暴れたが、無駄だった。

ずるずると、かび臭い床を引きずられていくにつれ、周囲が急に温かくなってきた。じっとりと、体にまとわりつくような生温かさだ。同時に、悪臭が鼻につきだした。虚丸が、腕の修理に使った粘液。あれを煮詰めて腐らせたような、強烈な臭いだ。

いる。何かがいる。行きたくない。そっちにだけは行きたくない。

弥助は今度こそ、死に物狂いで暴れた。だが、痺《しび》れた手足に力が入ることはなかった。身をくねらせるのがせいぜいで、それすらあっけなく封じられてしまう。

そうして、奥の一間へと連れ込まれたのだ。

その部屋はそこそこ広かったが、半分以上が籠《かご》で埋まっていた。大小様々な鳥籠、虫籠が、積み重なるようにして置いてある。

ほとんどの籠には、何かが入っていた。

物、ではなかった。

動いていたし、いくつかはか細く声をあげていた。

やめて。

出して。

逃がして。

空気にとけこんでしまうかのような小さなささやき。言葉にならないうめき声やすすり泣きもまじっている。

そこには奈落のような絶望があった。

弥助は、その絶望の中に引きずり込まれそうになった。だが、恐怖が頂点に達しかけた時だ。小さな声が、弥助の名を呼んだ。

「や、すけ……」

はっと我に返り、弥助は声がしたほうに目をこらした。

四角い大きな鳥籠の中に、津弓がいた。真っ白な顔をし、ふくふくとしていた頬がげっそりとこけている。苦しそうにこちらを見つめてくる様子が、痛々しかった。

たった一日で、こんなにやつれてしまうとは。

弥助は胸がきりきりした。だが、津弓を見たことで、逆に力がよみがえってきた。

「津弓。大丈夫か？　苦しいのか、おい！」

「……ん」

「おい、津弓！　なんだよ！　しっかりしろって！」

だが、津弓は力なく目を閉じてしまった。今にも息絶えてしまいそうな姿に、弥助は焦《あせ》った。なんとか励まそうと、必死で呼びかけた。

「津弓！　おまえの叔父さん！　叔父さんが、おまえを捜してるぞ！」

「おじ、う、え……」

津弓がぴくりと動いた。

「お、おじう、え、怒って、怒ってた？」

「そりゃ怒って……っ？」

怒ってたさと言おうとして、弥助は口をつぐんだ。津弓が泣いていたのだ。細い涙がつうっと、白い頬を伝っていく。ごめんなさいと、口が動いているのが見えた。

ごめんなさい。言いつけ破って、ごめんなさい。

弥助は目頭《めがしら》が熱くなった。が、それをこらえて、大きく叫んだ。

「馬鹿！　おまえに怒ってなんかいなかったよ。叔父さんな、すっごく心配してた。もうじきここに来てくれるから！　助けが来るから！　だから、それまでがんばれ！　いいな！　がんばるんだ！」

津弓はもう応えなかった。ぐったりと籠にもたれかかっている。それでも、ほんの少し、その表情は和らいでいるようだった。

「津弓！　おい、津弓ってば！」

死ぬな。絶対死ぬな。

繰り返し叫ぶ弥助の襟首を、虚丸がぐいっと引っつかんだ。そのまま、まるで猫の子をつかみあげるように持ち上げると、虚丸はしげしげと弥助を見つめた。

「驚いたね。おまえ、妖怪とも知り合いなのかい？　どれだけ顔が広いんだい？」

「う、うるさい！」

「不思議だねえ。おまえなんて、どこにでも転がっているような小僧っ子なのに。いったい、どこがそんなに特別なんだか、わからないよ。……おまえ、何者なんだい？」

「俺は、弥助だ！」

虚丸に触れられるのがおぞましくて、弥助は身をよじりながらわめいた。

「俺は妖怪の子預かり屋なんだよ！　おまえこそ、な、なんなんだよ！　なんで妖怪を閉じこめてんだ！　人間を人形にしてるだけじゃなかったのかよ！」

なんでなんでと叫ぶ弥助に、虚丸はきょとんとした目を向けた。どうしてそんなことを聞かれるのか、わからないという目だ。

「なんでって、そりゃ必要だからだよ」

「必要って、なんにだよ！　ちくしょう！　言えよ、この野郎！」

「まったく口が悪いねぇ。そりゃ、あたしが必要だって言ったら、人形作りのために必要に決まってるじゃないか」

「……」

絶句する弥助に、「そんなこともわからないかねぇ」と、虚丸はあきれたように言った。

「あたしの人形が特別なのは、あたしの腕がいいせいもあるが、なにより素材が違うんだよ。……人の魂《たましい》ってのは、本来、温かい生身に宿るものだ。それを器物である人形に落ち着かせるには、どうしたってつなぎがいる。つまり、のりだよ。そののりに、あたしは妖怪どもの魂魄《こんぱく》を使っているのさ」

このやり方は羽冥が教えてくれたと、虚丸は楽しげに言った。

「それまでは色々試したけど、全然だめでねぇ。やることなすことうまくいかないんで、くさっていたんだよ。ほんと、羽冥が話しかけてきてくれて、よかったよ。……あの時は、行き倒れの男の肝《きも》を使って、人形に術をかけてた時だった。人形に人と同じ柔らかさを出そうとしたんだけど、結局うまくいかなくてね」

その時、羽冥が話しかけてきた。人の命に頓着しない虚丸に感心したと、羽冥はそう言ったという。

「そして、あたしに手を貸すって、言ってくれたのさ。今思うと、血の臭いを嗅ぎつけてきたんだろうね。あいつは肝が特に好きだから。とにかく、あいつのおかげで、あたしの道は開けたんだ。感謝してもしきれないくらいさ」

なんという幸運であることかと、目を細める虚丸。その白い顔を、弥助はめちゃめちゃに殴りつけてやりたかった。

何が幸運だ。何が感謝だ。人だけじゃなく、妖怪達まで弄《もてあそ》ぶなんて。許せない許せない許せない！

弥助の憎悪のまなざしに、虚丸が気づいた。かすかに笑った。

「おお、怖い目だこと。何をそんなに怒ってるんだい？　おあきのこと？　それならもう言ったじゃないか。あの子のことはどうしようもなかったって。償《つぐな》いに、とてもよい人形にしてあげたし、これからもずっとあたしのそばに置いておくつもりだよ」

「おあきちゃんのことじゃない！」

弥助は嚙みつくように言った。

「おあきちゃんのことはもちろん、ぜ、絶対許さないけどな！　生き人形は……ほ、ほしがる人間がいるってのはわかったさ。その人達が人形を喜ぶってのも、わかる気がする。けど、妖怪は？　人形作りに使われる妖怪はどうなるんだよ？　捕まえられ、こ、こんなふうに閉じこめられて！　みんなを幸せにするって言ってたのは、ありゃ嘘じゃないか！　妖怪達をこんな目にあわせやがって！」

弥助の怒りに、今度こそ虚丸は目を丸くした。と、はじけるように笑いだした。

「おかしなことを言うね。おまえ、人なんだろう？　人のくせに、なんだって妖怪の肩を持つんだい？　妖怪なんか、闇からこぼれて生まれる、ろくでもない虫のようなものじゃないか」

「なっ！」

「どうせ、この世には闇のものどもがうようよいるんだ。それをほんの少し、あたしが使ったって、別にいいじゃないか。妖怪の中には、人に仇《あだ》なす悪いやつもいる。いわば、あたしは妖怪退治も兼ねてやってるようなもんさ。ね？　世のため人のためになってるだろう？」

こじつけだと、弥助は思った。人を喜ばせるため？　人助け？　違う。そんなのは嘘だ。でたらめだ。

虚丸が人形を作るのは、結局は自分の心を満足させるため。この男は自分以外のいかなる存在も、どうだっていいのだ。人を襲わない妖怪がいると知っても、なんだかんだと、もったいをつけて、餌食《えじき》にするに決まっている。

今こそわかった。近頃、子妖怪達をかどわかしていたのは、虚丸だったのだ。理由は、生き人形を作るため。そのために、力が弱くて、抵抗できないような子妖怪を狙って、さらっていたのだ。

あのいくつもの籠に、どれだけの子供らが閉じこめられ、どれほどの恐怖を味わったのだろう。

そう思うと、憎しみは尽きることなくわきあがってくる。

できるものなら、こいつの首をねじきってやりたい。

顔を真っ赤にして怒っている弥助を、虚丸はふたたびのぞきこんできた。

「それより、おもしろいことを言ったね。妖怪の子預かり屋だって？　つまり、子妖怪達を預かる仕事、やってるってことかい？　人の子のくせに？」

「ああ、そうだよ！」

弥助はやけくそで答えた。

「だから、いっぱい強え妖怪と知り合いなんだからな！　くそ！　おま、おまえなんか！　ちくしょう！　もうすぐだ！　もうすぐ、妖怪達が助けにきてくれる。おまえにさらわれた子供達の親は、みんな血眼《ちまなこ》になって捜してんだから。そうなったら、おまえがやったこと、全部言ってやる！　八つ裂きにされちまえばいいんだ！」

もっともっと、この男をやりこめるような、ひるませるようなことを言いたかった。だが、口から出てくるのは、いかにも子供じみたわめき声ばかり。

なんで、俺はこんなことしか言えないんだ。

自分で自分が情けなかった。虚丸が涼しげに聞き流すので、ますますみじめになった。

だが、弥助の叫びに、思わぬ反応があった。奥に積み重なった籠から、ひそひそと声があがりだしたのだ。

弥助？

子預かり屋の人間の？

捜してる？

助け、ほんとに来る？　ほんとに？

妖怪達の声だった。捕まっている子妖怪達が、ほんの少し、希望を取り戻しかけているのだ。

「ああ、ほんとだ！」

無我夢中で、弥助は答えた。

「絶対助かるからな！　あきらめるな！　あきらめちゃだめだ！　もうすぐ来るぞ！　助けが来る！　みんなの親が来てくれるからな！　みんなで家に帰るんだ！」

家に帰る。

その一言は、閉じこめられたもの達の心を大きくゆさぶった。籠から漂ってくる絶望感が和らいでいくのを、弥助は感じた。

そうだ。あきらめたら、そこで終わりだ。俺はあきらめない。こんなところで、人形になんかされてたまるか。

だが、虚丸は弥助達の思いをあっさり打ち砕いた。

「そんなことを言うのは、酷なことだよ。叶わぬ希望を持たせるなんて、よくないと思うけどねえ」

「うるさい！　今に見てろ！」

「だって、ほんとのことだもの。親達が捜してるって？　助けが来る？　いや、ないない。それなら、とっくにここに来てるはずだろう？」

ここは見つからないよと、虚丸はにんまりと口の端を吊りあげて笑った。

「だって、ここは羽冥が作った結界の中だもの。さらってくる時だって、あたし達は細心の注意を払ってきたからね。匂いも痕も残さず、きれいにさらってきたんだ。どんな力を持つ妖怪にだって、見つけられっこない」

ああっと、うめき声があがった。高まりかけていた何かがみるみる薄れていく。闇が一段と濃くなったような気がして、弥助は歯がみをした。

悔しい。俺は言葉ですら、こいつに敵《かな》わないのか。子妖怪達を勇気づけることさえ、できないのか。

そんな弥助の頰を、虚丸は優しく撫でた。

「もういい加減、観念しておしまい。そのほうがずっと楽になれるんだから」

返事をするかわりに、弥助は、がりっと、虚丸の指に嚙みついた。思いっきり歯を立て、ぎりぎりと食いしばる。口の中に、しょっぱい血の味があふれた。そのことが、逆に驚きだった。

この男に、まだちゃんと血が流れていたとは。

ひるんだところを、殴られた。あごがくだけるような衝撃を受け、弥助は床に転がった。頭ががんがんと鳴っていた。痛くて、吐き気がする。

それでも弱みを見せまいと、弥助は虚丸を睨《にら》みつけようとした。そして、はっとなった。

虚丸が、自分の指をじっと見つめていたのだ。

弥助に嚙まれた人差し指と中指に、ぱっくりと傷が開いていた。たらたらと、赤い血が手首のほうへ流れていく。それを見つめる虚丸の目には、なんとも言えない嫌悪の色が浮かんでいた。

「血……。汚いねぇ。ほんと、あたしは血ってやつが大嫌いだよ。赤くって、臭くって、べたべたしてて。こんなのが自分の体を流れてるなんて、ぞっとする。こんなもの、なくなっちまったほうがいいんだよ。そのほうがどんなにすがすがしいか」

ああいやだいやだと、さもおぞましげにつぶやいたあと、虚丸はようやく弥助に向き直った。その顔からは一切の表情が抜け落ちていた。

「おまえ……よくもあたしの指を傷つけておくれだね。これじゃ、しばらく人形を作れないじゃないか。ああ、よっくわかったよ。おまえなんか人形にしてやるもんか。……もういらない。おまえなんか、ただで羽冥にくれてやるよ」

「ふ、ふん！　そのほうがよっぽどましだ！　人形なんて、くそくらえ！」

「……羽冥を見たら、そんな強がりも言ってられなくなるよ」

「そ、その前に、助けが来るさ！　羽冥ってやつが来る前に、みんなが来てくれる！」

馬鹿だねと、虚丸の目の奥が光った。

「羽冥はもうとっくに来ているんだよ。そもそも、最初からここにいるんだからね」

そう言って、虚丸は天井を見上げたのだ。

十二

弥助もつられて、上を見た。

暗い部屋の天井は、さらに暗闇を孕《はら》んでいた。だが、そこにぼんやりと白く浮き上がっているものがあった。

大きい。

丸めた布団のような感じで、天井板と太い梁《はり》の間に、すっぽりと収まっている。よく見ると、それは動いていた。呼吸をしているかのように、かすかにうねっている。

さらに耳を澄ますと、熟れすぎの柿をつぶして、すすっているような湿った音がした。

「うん。もう起きてるようだね。おい、羽冥。羽冥ったら」

湿った音がやみ、天井の白い膨《ふく》らみから声が落ちてきた。

「う、ろまる……」

たどたどしい、ひどく耳触りな声だった。まるで、人の口を持たぬものが、無理やり人の声を作りだしているかのようだ。

ざらざらとした舌で、耳の奥をなめあげられるような心地がして、弥助は身震いした。

この声はこれ以上聞きたくない。

だが、声は容赦なく降ってきた。

「今、食べ、てる。邪魔、するな」

「おやおや、そう邪険《じゃけん》にするもんじゃないよ」

媚《こ》びるように虚丸は言った。

「また餌を持ってきてやったんだよ」

「え、さ……」

「そうだよ。脱皮したばかりで腹が減るんだろう？　それとも、今あるのだけでいいのかい？　新しいのはほしくないかい？」

「ほし、い」

「そんなら出てきとくれ。でね、食べる前に、いつもの、あれをね」

むうっと、天井の膨らみが大きくもりあがった。その先端がぴりぴりと破けていき、何かがもがきながら出てきた。

今度こそ弥助は悲鳴をあげていた。

現れたのは、奇怪な塊だった。人間の大人よりも大きく、ぶよぶよとして節だらけだ。全体は黒く、汚らしい灰色のしみが点々と浮かんでいる。そして、ぬらぬらと、粘液にまみれていた。

芋虫《いもむし》だと、弥助は気づいた。

同時に、天井の白い膨らみの正体もわかった。布団などではない。繭《まゆ》だ。この芋虫の寝床であり巣なのだ。

繭から這いだしてくる芋虫。それと一緒に、繭から何か茶色のものがしたたってきた。それは、べたんべたんと、重たい音を立てて床に落ち、とんでもない悪臭をふりまいた。

弥助はあえいだ。

あの中で、いったい、何が起きていた？　あいつは繭の中で何をしてたんだ？

だが、答えは知りたくなかった。

ぬるんと、ついに芋虫が全身を現した。よく肥え太り、はちきれんばかりの体をしている。短い赤子のような手が無数にはえていて、それで天井板に逆さにはりつく。そして、ぐうっと、頭だけ下に伸ばしてきた。

その頭は人間のものだった。

まばらにはえた髪が薄べったい能面のような灰色の顔にはりついている。小さな白い目が四つ、そこに埋め込まれていた。鼻はなく、小さなおちょぼ口があるだけだ。だが、そのおちょぼ口はやたらふっくらとしていて、妙に愛らしげだった。

天井にはりついたまま、そいつは首を伸ばせるだけ伸ばして、弥助に不気味な顔を近づけてきた。

弥助は恐怖のあまり、泡を吹いてしまいそうだった。妖怪達とはそこそこ付き合いも長くなってきている。奇怪な姿をしているものにも慣れてきたつもりだ。でも、この虫はだめだった。

怖い。怖い。怖い。

いつ、あの小さな口が開いて、こちらにかぶりついてくるのだろう。

「い、いやだぁぁぁ！」

思わず絶叫した。

だが、恐れていたことは起こらなかった。

くるりと、虫は首を回し、今度は虚丸へと向き直ったのだ。

「**まだ、生き、てる**」

口を開くことなく、芋虫は言った。たどたどしい言葉の中に苛立ちがあった。

「ああ、今だけだよ。すぐにおまえが食べられるように、首を絞めてしまうから。その前に、ちょいとあれを出してくれないかい？」

「ま、た、人形、作る、か？」

「いやいや。今回は修理用に必要なんだよ。だから、そんな活きのいいやつでなくていいよ。そうだね。そこの弱っているやつでいいと思う」

そう言って、虚丸は津弓の籠《かご》を指差したのだ。

芋虫が動きだした。天井を這い、壁を伝い、津弓の籠へと近づいていく。弥助の首筋の毛が逆立った。

「や、やめろ！　やめてくれ！　その子、ほんとに死にかけてんだ！　頼むから見逃してやってくれ！」

わめき、懇願《こんがん》する弥助に、虚丸は笑うばかりで取り合わなかった。芋虫にいたっては、聞こえているそぶりも見せない。

このままでは津弓の身に恐ろしいことが起きてしまう。

なんとかして食い止めたいと、弥助は芋虫に向かって声をはりあげた。

「う、羽冥！　羽冥！」

ぴたりと、そいつの動きが止まった。

ふたたびこちらを向く不気味な顔に、弥助はおぞけを我慢して、できるだけ普通に話しかけた。

「羽冥。あ、あんたは羽冥ってんだろ?」

「う、ん……」

「なんで、こんなことするんだい? 羽冥は……羽冥も妖怪、もののけなんだろ? それなのに、同じ妖怪をこんな目にあわせるなんて。しかも、みんな子供じゃないか。どうしてそんなこと、するんだよ?」

「……」

「かわいそうだって、思わないのかい?」

「かわい、そ、う……?」

「そうだよ。だって、みんな同じ妖怪で、な、仲間ってことだろ? その仲間にこんなことするなんて、わ、悪いことだと思わないのか?」

しばらくの間、羽冥は黙っていた。それは、弥助が言った言葉の意味を、ゆっくりと噛み砕き、飲みこんでいるような間だった。

やがて羽冥は答えた。

「仲間、じゃない……」

「え?」

「仲間、じゃない。羽冥、は、骸蛾《むくろが》。骸蛾の仲間、は、骸蛾、だけ。……だ、から、これ、から、羽冥、が、仲間を、作らな、いと、いけない。……羽冥、は、卵を産む。たくさん、たくさん、ん……」

そのためにはたくさん食べて、たくさん力を蓄えなければいけないのだと、羽冥は太った体を震わせるようにして言った。

「死肉、が好き。死んだ人、の骸を、柔らか、くして、すする。でも、羽冥、は生身の、人間には触れ、られない。餌になる人間、が、たくさんいても、獲って食う、ことはで、きない。墓場は、骸が、ある、けれど、きらい。いやな臭いがあって、せっかくの骸、が食べられ、なくなる」

と、にやにやしていた虚丸が口をはさんできた。

「羽冥が言ってるいやな臭いってのは、線香の匂いのことだよ。だいぶ大きくなってきたけど、羽冥はまだまだ力が弱い。そういう魔除けのたぐいには、えらく傷つきやすいそうだ」

「う、るさい。今、に、もっともっと、強くな、る」

「ああ、そうだろうとも。別におまえを馬鹿にしてるわけじゃないよ。わかってるだろ？今のあたしは、おまえなしじゃいられないんだ。大事なおまえを馬鹿にしたりなんか、するもんかね」

媚びるように言う虚丸。その甘ったるい言い方に、弥助はへどが出そうだった。

「……なんでだよ。いくら餌のためだからって……なんで、そんなひでぇこと、できるんだよ！」

「ひ、どくない。他、の妖怪た、ち、が羽冥に、餌をくれ、るか？　力、をくれる、か？　くれ、ない。だれ、もくれない。くれる、のは、虚丸、だけ。だから、羽冥、は虚丸、の望み、を叶える。虚丸、のため、糸を、作る」

「糸？」

羽冥が体を震わせた。どうやら笑っているらしい。

「羽冥、の糸は、特別。きれ、いで、力ある。す、てきな糸。妖怪ど、もの魂《こん》、魄《ぱく》をねりあ、げて作、る。いい糸、を作れ、ば、虚丸、はたく、さん、餌くれ、る」

「それが当然だよ」

またしても虚丸が口をはさんだ。

「羽冥の糸に勝《まさ》る物なんか、他のどこにもありゃしないからね。ほんときれいなんだよ。きらきらしててねぇ」

虚丸の含み笑いに合わせて、羽冥が体を揺らす。なんともおぞましい笑い合いだ。

そこに、ぎりぎりという音がまじった。弥助の歯ぎしりだ。

弥助は憤怒《ふんぬ》でもだえそうになっていた。

ひどい、ひどい。

「……そんなことのために、子供達を殺したのかよ！　何人だ！　何人、殺したんだよ！」

「殺した？」

不愉快そうに虚丸は眉をひそめた。

「人聞きの悪いこと言わないでおくれよ。羽冥だって、さすがにそれはやらないさ。妖魔の殺しは匂いがつくんだってさ。誰が誰を殺したか、すぐにわかるらしい。子妖怪どもの親に目をつけられるのは厄介だからね」

「だけど、殺してんだろ！」

「だから、殺してないって言ってるじゃないか。ただ魂魄を抜き取って、糸にしてるだけさ。ほら、見てごらん」

虚丸は奥のほうの籠から、何かをつかみだし、弥助の目の前に差し出した。

男の白い手のひらに乗っていたのは、子ネズミほどの大きさの狸《たぬき》だった。毛並みは黒く、かわいらしい赤いちゃんちゃんこを着ている。

「豆狸《まめだぬき》！」

弥助が叫んでも、半開きの目のまま、こてんと、転がっている豆狸。だが、その腹はかすかに上下していた。

生きているのだ。

「ね、このとおり、生きてるだろ？　魂魄ってのはね、体と魂《たましい》を結びあわせているものなのさ。だから、生き人形に魂を移す時に、必ず必要なんだ」

「……」

「だけど、人の魂魄だとだめなんだよ。人の生身は陽のものだけど、人形の体は陰《いん》のもの。だから、同じく陰のものである妖怪の魂魄でないと、うまくくっついてくれないのさ。まあ、うまくいったとしても、魂が器になじむまで、少し時間がかかるがね」

弥助は、太一郎に最初に会った時のことを思い出した。

ぐったりとして、濁《にご》った目をしていた太一郎。まともに口もきけない状態だった。あれは、まだ人形に魂が入れられたばかりで、なじんでいなかったということか。

だが、今日の太一郎はまったく普通に見えた。人間にしか見えなかった。だとしたら、どれほどの生き人形がこの世に放たれてしまっているのだろう。自分を人間だと思いこんだまま、毎日どのように暮らしているのだろう。

そう思うと、背筋が寒くなった。

と、羽冥が苛立ったように唸《うな》った。

「虚丸、おしゃべ、りが長い」

「おっと、ごめんよ。じらすつもりはなかったんだけどね。なにしろさ、この小僧、ちょっとおもしろいやつだったから。人のくせに妖怪と知り合いなんて、めったにないよ」

「妖怪、と知り、合い……」

羽冥が弥助を見た。白い四つの目玉がちかちかと光った。

「お、まえ、知ってる……前、に、会った。夜、糸が切れるの、を、感じた。獲物、だと思つた、のに、行つて、みたら、人間だつたか、ら、がつかりした」

弥助も思い出した。あかなめの親子に頼まれて、風呂屋の札をはがした時のことだ。

「あれは……羽冥だったのか」

愕然としている弥助を、虚丸は興味深そうにのぞきこんできた。

「なんだ。おまえ、羽冥にまで会ってたのかい？　いつ？　どうやって？」

「……妖怪の親子に頼まれたんだよ。変な札が邪魔で、行きたいとこに行けないからはがしてくれって。そいつをはがしたら……いやな気配がした。俺に迫ってきて……なんだ、人間かって言って、気配が消えたんだ」

「ああ、なるほどね。あの札は、羽冥の糸で作ったもんだよ。弱い妖怪が触れると、そいつに印がついて、羽冥は居所がわかるってわけ。まあ、蜘蛛《くも》の巣のようなもんだね」

ちなみに、あちこちに札をはっていったのは自分だと、虚丸は得意げに言った。

「最初の頃はずいぶんと捕まえられたんだけどね。最近は警戒されてるみたいで、なかなか札に引っかかってくれないんだよ。また新しい手を考えなきゃいけないねぇ。……そうだ。おまえ、子預かり屋だったね。ってことは、おまえをおとりにすれば、もっともっと子妖怪を捕まえられるんじゃないかい？」

「なっ！」

目を剝《む》く弥助に、これはいいと、虚丸は両手をこすりあわせた。

「うん。そうだよ。そうしよう。やっぱりおまえは人形にしてあげる。ってことで、羽冥、すまないね。この子の肉は、当分お預けだ。あたしの指が直ったら、すぐにこの子の人形を作ってさ、それからちょいと首を絞め落として、おまえにあげるから」

「……………」

「ほらほら、怒らないでおくれよ。この子の人形ができれば、もっともっと子妖怪が手に入る。そうすれば、依頼はぐんぐん増えて、おまえの餌となる骸だって、どっさり増えることになるからさ。あ、とりあえず、糸はそこの子妖怪で作っとくれ。壊れた腕をくっつけないと」

「虚丸、は、羽冥を、働かせ、すぎる」

「そう言わないで、ね？　頼むよ」

しぶしぶという様子で、羽冥が動きだした。手を伸ばし、籠から津弓を引っぱりだす。

「津弓！　逃げろ！」

だが、津弓は気を失っているのか、なすすべもなく羽冥に抱きかかえられてしまった。と、羽冥の奇怪な顔が、べろりと、まるで布のように上にずれた。その下から現れたのは、真っ白な細い糸束のようなものだった。無数にあり、うねうねと、一本一本がどじょうのようにうごめいている。

羽冥の舌だと、弥助は気づいた。だが、自分の目を信じたくなかった。あんなものがこの世にあるなんて。

まるでそうめんを吐き出すように、羽冥は白い舌を伸ばしていく。その先が向かうのは、津弓の口だ。

「つ、津弓ぃぃ！」

危機を感じたのか、津弓がようやく目を開いた。自分に迫るものを見て、その口がぽかんと開く。

「な、に……？」

津弓の口に、羽冥の舌がどっと入りこんだ。小さな体がびくんと跳ね上がった。が、しっかりと抱きかかえられているため、逃げられない。

津弓の目に涙が浮かぶのを、弥助は見ていられなかった。だが、目を背《そむ》けることもできない。自分の口の中に、羽冥の舌が入りこんで暴れている。そんな生々しい錯覚さえ覚えた。

(地獄だ……ここは地獄だよ、千にい)

さっきから、弥助は甘い夢を見ていたのだ。本当に危ない時になれば、必ず誰かが、千弥や月夜公がさっそうと現れて、薄汚い虚丸と羽冥を叩きのめしてくれると。

だが、そんな都合のいいことは起きない。起きるはずもない。そもそも、千弥達は弥助がどこにいるかも知らないのだ。

もうだめだ。

「ぐえっ!」

突如、異様な声がした。

はっとする弥助の横を、何かが唸《うな》りをあげてかすめた。

振り返れば、床に青い氷の塊が突き刺さっていた。大人の手のひらほどもあり、縁は刃《やいば》のように鋭く、ぎざぎざしている。

なんでこんなものがと、顔を前に向けると、氷塊はそこら中に飛び散っていた。中には天井や壁板を突き破ったものもあるらしく、大きな穴も開いている。

そして、弥助は見たのだ。羽冥が津弓を放り出し、壁からぼとりと落ちるのを。鳥につつかれた地虫のように、羽冥は体をぎゅうっと丸めた。あちこちに傷ができ、黄色い体液があふれだしている。氷に傷つけられたに違いない。

そして、放り出された津弓はというと、こちらは無傷だった。ただ、全身から白く冴《さ》え冴《ざ》えとした光を放っている。目は開いていたが、青いびいどろの玉のように変化して、まったく感情が失せていた。

魂魄を抜かれたのかと、弥助は肝《きも》が冷えた。

だが、それにしては羽冥の様子がおかしかった。虚丸も慌《あわ》てふためいていた。

「どうしたんだい、羽冥！　大丈夫かい！」

おろおろと、羽冥の巨体をのぞきこむ虚丸。

今なら気づかれない。

弥助は体を転がし、ななめ後ろにあった氷塊へと近づいた。床に刺さった氷の縁に、手首の縛《いまし》めを近づける。

ぎり、ぎりり。

数回こすっただけで、縄はすっぱりと断ち切れた。その拍子に、手も少し切ってしまった。が、今はかまってはいられない。

弥助は立ちあがろうとした。が、長く縛られていたせいで、体が痺《しび》れて、うまく動けない。

じんじんする体を叱りつけ、這うようにして津弓に近づいた。

津弓はあいかわらず銀色に光っていた。近づくと、凍てつくような冷気を放っていることもわかった。

「お、おい、津弓。大丈夫か。しっかりしろ！」

虚丸達のほうを気にしながら、弥助は声をひそめて呼びかけた。

と、津弓が目を閉じた。同時に、体の光と冷気がすっと消え去った。

いったい何があったんだと、弥助はあっけにとられた。その時だ。どすどすっと、足音も荒く、虚丸が駆けつけてきた。目が吊りあがっていた。

「このがき！　う、羽冥になんてことしておくれだい！」

吼《ほ》えるなり、虚丸は動かぬ津弓をつかみあげた。

「やめろ！」

弥助は虚丸の足にしがみついたが、蹴飛ばされ、あっけなくふっ飛ばされた。

虚丸は津弓をがくがくとゆさぶった。

「何をやったんだい！　この！　寝たふりするんじゃないよ！　羽冥に何をしたんだい！　あいつの舌が凍りついてるじゃないか！」

そのとおりだった。羽冥の舌、津弓の口に侵入した舌は、青く凍りついていた。もはやぴくりとも動かせない状態だ。

そして、その羽冥を見た時、弥助の頭に、ある考えがひらめいた。今の自分では、虚丸には太刀打ちできない。だが、もしかしたら、この手を使えば……。

とにかく、迷っている暇はなかった。ぐずぐずしていたら、虚丸が津弓を殺してしまう。

一か八かだ。

意を決して、弥助は立ちあがった。そうして、虚丸にではなく、後ろに転がって身をひくつかせている羽冥へと向かっていったのだ。

「うわあああっ！」

自分でもわけのわからない声をあげながら、弥助は床を蹴り、思い切り羽冥の体へと飛びついた。

ぶよっ！

なんとも言えない異様な弾力があった。しかも、その体はじっとりと湿っていて、冷たくて、ひどい臭いがした。

一瞬、大川で見た溺死人《できし》の姿が、弥助の頭をよぎった。

弥助はその時、まだ七歳くらいだった。川べりに人だかりができていたので、なんだろうと近づいてみれば、骸を引き上げているところだったのだ。

骸は、女だった。赤い振袖《ふりそで》を着ていたから、たぶん、若い娘なのだろう。だが、どんな顔なのかはわからなかった。顔も手足も、膨れるだけ膨れていて、ほとんど肉団子のような感じになっていたのだ。

その姿はあまりに強烈で、それから何度も夢で見た。あの死骸が、羽冥と重なった。抱きついたら、きっと同じ感触がしたに違いない。

こみあげる吐き気と闘いながら、弥助はぎゅうっと羽冥にしがみついた。

直後、大きな衝撃が来た。羽冥が跳ね上がったのだ。まるで焼きごてを押し当てられたかのように、苦悶の声をあげながら、のたうちまわる。

やっぱりかと、弥助は勝ち誇った。

羽冥は、生きた人間に触れられないのだ。

さきほど自分でそう言っていた。だが、まさか、その言葉どおりだったとは。

羽冥のような闇の魔にとっては、日の光の下を歩く人間の生身は、強すぎる毒のようなものなのだろう。そもそも、そうでなければ、羽冥は自分で人を襲って、その骸をむさぼっていたはず。虚丸と取引する必要もなかったはずだ。

自分の肌の下で、羽冥の表面をおおう粘液がどんどん乾いていくのを、弥助は感じた。続いて、じわっと身が沈んでいくのを感じた。羽冥の肉が溶けていっているのだ。

ぞっとしたが、そのましがみついていた。やっと一矢報いることができたのだ。できるかぎり痛手を負わせたい。

「ぬううう っ！　おおおおおっ！」

伸び縮みし、転がりまわる羽冥。何度も重たい体の下敷きにされ、そのたびに、弥助は内臓がつぶされるような気がした。だが、羽冥がすぐにまた身を起こすので、本当につぶれることはなかった。

「羽冥！　落ち、落ち着きなってば！　動くんじゃない！　あたしがその小僧をひっぺがして……羽冥！　聞こえないのかい！」

女のように金切り声をあげているのは虚丸だ。暴れ回る羽冥を避けながら、必死で動き回っている。下手すると、自分まで羽冥に触れてしまいそうで、近づけないのだ。

ざまぁみろと、弥助は虚丸の慌てぶりを小気味よく思った。

だが、弥助が勝ち誇っていられたのも、そこまでだった。

「くっ！　おあき、おあき！　あの小僧を捕まえるんだよ！　早く！　羽冥から引き離すんだ！」

虚丸の命令に、おあきはすぐに動いた。のたうつ羽冥の巨体に恐れる様子もなく近づく。

ばきっと、いやな音がした。羽冥の体になぎはらわれ、おあきの伸ばしかけた右腕があらぬ方へ曲がったのだ。

だが、おあきはひるまない。痛みも感じていない様子で、さらに近づいてきた。そうして、ばっと羽冥に飛びついた。そのまま両足と左手だけで、ぬるぬるとした妖魔の体を器用に這い上る。

小さな手に足首をつかまれるのを感じ、弥助は目をぎゅっと閉じた。

もう少し！　もう少しだけでも！

だが、叶わなかった。

足首がねじきられるような痛みに、ついに弥助は手を離してしまった。

どこんと、床に叩きつけられた。背中から落ちたせいで、息がつまった。そこへ虚丸が駆け寄ってきて、自分の腹を踏みつけるのがわかった。

「この！　がきめ！　よくもよくもよくも！」

怒りのままに、虚丸が足をふりあげるのが見えた。

ああ、これでおしまいなのかと、弥助はふっと気が遠くなった。

十三

はっと気づいた時、弥助は自分が生きていることにまず驚いた。次に、すさまじい恐怖を感じた。

生きているはずがない。あの虚丸が、羽冥を傷つけた弥助をそのまま生かしておくわけがない。ということは、とうとう自分も人形にされてしまったのか！　この体はすでに血の通わぬ、冷たい人形のものなのか！

「う、うわあああああっ！」

恐怖に呑みこまれ、頭を抱える弥助を、誰かがぎゅっと抱きしめてきた。

「大丈夫。大丈夫だよ、弥助」

その声に、弥助はああっと息をついていた。

千にいだ。これは千にいの声だ。だとしたら、夢を見ているのだろうか。夢ならもっといやだ。覚めてしまうのが恐ろしい。

錯乱し、わあわあと泣く弥助を、千弥はいっそう強く抱きしめた。

「かわいそうに。怖かったんだね。だが、もう大丈夫だから。ほら、こっちを向いて。私だよ。ほんとの私だよ」

弥助は恐る恐る目を開けた。

「せ、せ、千にいぃ……」

「そうだよ。私だ」

「き、来てくれ、たんだ……」

「当たり前だよ。でも、今回ばかりは少々焦《あせ》ったよ。……間に合わないかと思った」

千弥の声は静かだったが、そこにはこれまでに聞いたことがないかすれた響きがあった。おびえの名残だ。

そう。千弥は恐れたのだろう。弥助を失ってしまうのではないかと。

実際、もう少しで本当にそうなるところだったのだ。

「お、俺、どうして助かっ……千にいは、ど、どうしてここに？」

「久蔵さんが教えてくれたんだよ。あとでよっくお礼を言うんだよ」

月夜公に付き合って、津弓捜しをしていた千弥だが、なにやら胸騒ぎを感じた。そこで夕刻頃にいったん家に帰ったのだという。ところが、弥助はおらず、なにやら争ったあとが残っているではないか。

これは何か弥助の身にあったに違いない。慌《あわ》てて外に飛び出したところ、久蔵と出くわした。弥助を見なかったかと尋ねると、久蔵は「そのことで来たんだよ」と答えた。

「じつはさ、昼頃に俺のろくでなしのはとこを見かけたんだよ。なんか様子がおかしかったけど、関わりあいたくもないやつだから、すぐに道脇に身を隠したんだ。そうしてやりすごしたら、お次は弥助がやってきてさ。これまた、なんかこそこそしてるんだ。どうも、はとこの野郎のあとをつけてるらしくて」

「行かせたんですか、そのまま！」

「そ、そんな怖い顔しないでおくれよ！　しょうがなかったんだよ！　弥助に声をかける前に、知り合いにとっつかまっちまってさ。そいつにゃ金を借りっぱなしなもんだから、そりゃもうしつこくて」

やっとのことで逃げだした時には、弥助もはとこも見失ってしまったのだと、べそべそと久蔵は言ったという。

ともかく、千弥はなにやら不穏なものを感じた。弥助がわけもなく男のあとをつけていくはずがない。何か深いわけがあるに違いない。

そう悟った千弥は、久蔵と別れるなり、すぐさま月夜公を呼びだした。津弓探索を邪魔されて、月夜公は激怒したが、「弥助が津弓の居所の手掛かりをつかんだようなんだよ。弥助の匂いをたどっておくれ。そこに津弓もいるはずだ」と、適当なことを言って、その気にさせたという。

「そしたら、ほんとにそうだったからね。こっちもびっくりしたよ。嘘から出たまことってのは、ほんとにあることなんだねぇ」

「千にい……」

なんて怖いもの知らずなんだと、弥助はぞっとした。それでもし違っていたら、月夜公がどれほど猛り狂うか、想像するだに恐ろしい。

と、千弥の表情が厳しくなった。

「そんなことより、言いたいことがあるよ。どうしておまえは、私がいない時に限って無茶をするんだい？　おかげで、生きた心地がしなかったよ！」

「ごめんなさい……」

弥助は素直にわびた。

「太一郎に襲われて、暴れてたら、あいつの腕がもげちゃって……とにかく、あとをつけなくちゃって思って」

「だからって、そうならそうと、なんで書き置きの一つもできないんだい？　こういう時のために、字ってもんがあるんじゃないか」

「ごめん。頭ん中いっぱいで、全然思いつかなかったんだ」

「まったく！　冗談じゃないよ。どれほど心配したか。竹林の中で匂いが途切れた時なんか、本当にもう……こんなに心配かけるなんて、なんか許せないねぇ」

「ちょっ！　ま、待って、千にい！　顔、顔が怖いって！　ほら、こうして無事だったわけだし」

「何事もなかったから、そうやって軽く言えるんだよ。ほんと、ずいぶん捜したんだよ。この近くにいるとわかるのに、全然気配がなくて。別のところを捜しに行こうとしたところで、突然、この家が現れた時には、びっくりしたさ」

「家が現れたって……それまで見えなかったわけ？」

「ああ。たぶん、もののけには見えないよう、強い結界で隠されていたんだろうね。それが壊れて、急に見えるようになったのさ。私も驚いたが、月夜公、あいつの慌てぶりはなかったね。甥《おい》っ子の名前を絶叫して、中に飛びこんでいったんだから」

「そ、それで、俺達を見つけたんだね？　つ、津弓は？」

「月夜公が連れて帰ったよ。すぐにでも屋敷で術の処置を施さないと危ないって、泡を食って飛んでいったね」

「……津弓、大丈夫かな？　助かる、よね？」

「さあね。ま、月夜公は十分に妖力はあるし、術をかける腕前もかなりのものだ。大事な甥のことでもあるし、そうそうしくじりはしないだろうさ」

「……つまり、大丈夫ってことだね？」

「ふん」

千弥は鼻を鳴らすだけで、答えなかった。

だが、弥助は胸を撫で下ろした。千弥がこう言っているのであれば、きっと津弓は大丈夫だろう。月夜公は全力で津弓の命をつなぎとめるに違いない。

ここで、弥助は虚丸達のことを思い出した。今の今まで忘れていたなんて、信じられない。我ながらのん気がすぎると思いながら、青ざめた顔で千弥を見上げた。

「せ、千にい……あいつらは？」

「ん？　あの妙なやつらかい？」

「う、ん。虚丸と羽冥……あ、あいつら、どうなった？」

ふっと、千弥が笑った。総毛だつような、すごい笑みだった。

「あいつらね。うん。よもや、弥助、おまえを手ひどく扱った連中を、私が許すとでも？

そんな馬鹿げたことは思わないだろうね？」

「……思いません」

「じゃあ、当たり前のことを聞くのはおよし。やつらにはきっちり落とし前はつけてやったよ。ってことで、この話はもうおしまいにしたいね。……少々不愉快な目にもあったんでね」

苦々しげな千弥に、弥助は目を見張った。今初めて気づいたのだが、千弥の唇が、ぴりっと、小さく切れている。ちょっと腫《は》れてもいるようだ。

何があったんだと思ったが、聞きただすのが怖くて、弥助は黙っていることにした。

そういえばと、まわりを見まわすと、自分達がまだあの家の中にいることがわかった。だが、山のようにあった籠《かご》は全て壊されて、中にいた子妖怪達の姿はない。天井にあった羽冥の巣も、きれいに消え失せていた。

「子供達は？　どうなったの？」

「月夜公の配下どもが、あとから駆けつけてきてね。魂魄《こんぱく》を抜かれてない子は、その場で籠から出して、逃がしてやってたよ」

「……抜かれちまってる子達は？」

「連れてった。子供達の魂魄が使われている人形を全て壊して、子供達を目覚めさせると言っていたから、大丈夫だろうね。ただ、私の一存で、この人形だけは残してもらったよ」

そう言って、千弥は身を横にずらした。その後ろから現れたのは、おあきだった。

「おあきちゃん！」

おあきはひどいありさまだった。右腕は変な具合に折れ曲がり、顔や喉にひび割れができている。くたりと、膝をついており、動く気配がない。

「おあきちゃん！　お、おあきちゃん、俺だよ！　弥助だよ！　しっかりしなって！」

「その子にいくら呼びかけても、無駄だよ」

必死に呼びかける弥助に、千弥が淡々と言った。

「なんで！　こ、壊れちゃったから？」

「いいや。まだ壊れてはいないよ、かろうじてね。……この娘の魂《たましい》は、もともと中途半端に人形に結び付けてあるそうだ。作り手の意のままに動く、本物の木偶《でく》に作られているんだよ」

くっと、弥助は唇を嚙んだ。

ああ、そうだったのか。だから、おあきは虚丸のいいなりになっていたのか。本当のおあきなら、絶対にそんなことをしない。自分を殺した男の命令など、聞くはずがない。

弥助は涙を浮かべながら、壊れかけたおあき人形を見つめた。これはおあきだ。ここにはまだおあきの魂が宿っている。でも、もう……。

「このまま、には、しておけない、んだよね？」

「弥助はわかっているはずだよ」

「うん……」

わかっていた。このおあき人形がある限り、一人の妖怪の子供が目を覚まさない。虚丸によって作られた生き人形は、一体たりともこの世に存在してはいけないのだ。

そもそも、おあきはもう死んでしまったのだ。早く魂をあの世に飛ばしてやらなくては。

それでも、激しく心が揺れた。まだ逝《い》かせたくないんだと、叫ぶ声がする。

だが、弥助はついに、その声をねじふせた。

「千にい……」

苦しげに声をしぼりだす弥助を、千弥は優しく撫でた。

「私が壊すよ。いいね？」

「う、ん……壊して。おあきちゃんを、自由にしてやって」

「わかった。……手早くやってしまうからね」

その言葉どおり、千弥はすばやく人形を壊した。

かたんと、床に倒れたおあきを見て、弥助は自分でも驚いたことに、ほっとした。

そこに転がっているのは、もう、どこからどう見ても、ただの人形でしかなかった。おあきの気配はどこにもない。無理やり縛りつけられていた器から、おあきは晴れて自由の身となったのだ。きっと、風のように花咲く彼岸へと走っていったに違いない。

（おあきちゃん……一緒に握り飯、食いたかったな）

悲しみと無念とわずかな安堵を胸に、弥助は千弥を見た。千弥はうなずいた。

「納得できたんだね？」

「うん……ありがと、千にい」

おあきの魂が人形から解き放たれる瞬間を、自分の目で見ない限り、弥助の心には必ず悔いが残る。そうわかっていたからこそ、千弥はおあき人形を残したのだ。その思いやりに、弥助は深く感謝した。

「……帰ろう、千にい」

「ああ、そうしよう。立てるかい？　なんなら、おぶってやろうか？」

「や、やだよ！　そんな子供じゃないんだから！　一人で歩けるって！」

「ほんとかい？　だけど、あの人形師がおまえを蹴ってただろ？　それにほら、頭にも大きなこぶが……やっぱり私が運んで……」

「いいってば！」

二人がぎゃいぎゃいやりあっていた時だった。ふいに、風のように月夜公が現れた。いつもながらの忽然《こつぜん》とした現れ方だ。

だが、弥助は別の意味で驚いた。月夜公の半面の仮面がひび割れていたのだ。まるで、誰かにこぶしを叩きつけられたかのように、へこんだところもある。

まさかと、弥助は冷や汗をかいた。

「……もしかして、二人でやりあったの？」

ぷいっと、千弥と月夜公は顔を背《そむ》けあった。

「こいつがね、聞きわけのないことを言うものだから、腹が立ってね」

「何が聞きわけがないじゃ！　自分の都合のいいように言いつくろうでないわ！　うぬこそ、ようもようも……またも吾《われ》の顔に手をかけおったな！」

「何言ってんだい！　あの人形師は弥助のことを蹴ってたんだよ！　私が引導をくれてやるのが筋ってもんだ」

「まぬけめ！　かわいい津弓をさらって、危うく殺しかけた輩《やから》じゃぞ！　骸蛾《むくろが》の妖虫も含めて、吾の獲物に決まっておろうが！　それを、うぬがごねるから、骸蛾のほうはくれてやったではないか。ありがたく思え」

「ふざけんじゃないよ！」

ふうふうと、お互い火のような息を吐きながら、千弥と月夜公は睨《にら》みあった。

「勝手に人形師を連れ去っておいて、屁理屈を言うとはいい度胸だね。……言っとくがね、私はまだ納得しちゃいないんだよ。……きちんとそれ相応のものを、あいつにくれてやったんだろうね？　え？　そうじゃなかったら、承知しないよ」

「うぬに言われるまでもない。地獄を慕うほどの、極みの刑をやつにはくれてやったわ。うぬこそ、骸蛾を始末したのであろうな？」

「それこそ愚問だね。きっちり千々に刻んでやったよ」

「ふん。芸のないことよ」

「うるさいね！　そういうおまえは、人形師にどんなことをしたんだい？」

　にっと、月夜公が笑った。

「檻に入れてやったわ」

「なんだい？　閉じこめただけかい？」

「むろん、そんなものではないわ。やつめは、血肉を汚いと思いこんでおるようでな。自らを人形にして、清く生きるのが究極の望みであったらしい。じゃから、檻の中に入れ、人形作りに必要な材料を存分に与えてやった。見事な人形を作ってみせよと命じたのよ」

　作ってみよ。己とそっくりな、なりかわれるような人形を。さすれば、それに魂を移し替えてやる。

月夜公の言葉に、今、虚丸は囚われたことも忘れ、夢中で人形作りに励み始めたという。

「で、その人形が出来たら？」

「むろん、打ち壊す。やつめの目の前でな。やつは嘆くであろうが、いずれ立ち直る。前のは出来が悪かったから壊された。今度こそ完全なものを作れば、己が願いは叶えられよう。その希望を持って、また新たな人形を作るじゃろう」

だが、どのような人形を作っても、月夜公はそれを壊すのだ。それが繰り返される。幾度となく、無限に……。

暗い穴の中、粉々にされた人形を茫然と見ている虚丸の姿が目に浮かび、弥助は背筋が寒くなった。

だが、千弥は違った。これまた、にっと笑ったのだ。

「いい手だ。心血をそそいで作った人形を壊されるたびに、やつは自分が死ぬような苦痛を覚えるだろうよ。……こうなると、骸蛾をあっさり刻んでしまったのは、間違いだったかね」

「そうじゃそうじゃ。大いに反省するがよいわ」

「この……調子に乗るんじゃないよ」

「ふふん。ほざけ」

放っておくと、延々と続きそうだったので、弥助はたまらずに口をはさんだ。

「あの！　つ、月夜公！」

「なんじゃ？」

「津弓は？　津弓はどうなった？」

「うぬも愚かじゃな、弥助。この吾が、危篤《きとく》の津弓を放って、のこのこうぬらの前に来ると思うかえ？」

あの子はもう大丈夫だと、月夜公は言った。抑えきれない喜びが、声ににじんでいた。

「だいぶんに身はすりへっておったがの。一晩寝ておれば、元通りになろうて。まったく、かわいいだけでなく、運も強いとは。さすが、我が姉上の子じゃ。……うぬに聞きたいことがある、弥助」

急に改まった様子で、月夜公は弥助と向きあった。

「津弓に何か変わったことはなかったかえ？　普段と違う姿を、津弓はとらなかったかえ？」

「えっと……そういえば、体が光ってたな」

弥助は自分が見たものを全て話した。羽冥が津弓の魂魄を取ろうとした時、突然、氷塊がまき散らされたこと。津弓の体が光り、目が青くなっていたこと。

やはりかと、月夜公はうなずいた。

「追い詰められたことで、津弓の封印の一つが外れ、力が放出されたのじゃな。津弓の衰弱ぶりに、もしやと思ってはいたが……じゃが、今回はそれでよかった。津弓が力を放たなければ、骸蛾の結界が内側から破れることはなく、吾らがあの家に気づくこともできなかったであろうよ」

「え……あの、津弓が結界を破ったってこと？」

「そうじゃ。……なんじゃ、その意外そうな顔は？」

「だってさ……津弓は妖気違《ようきたが》えってやつなんだろ？　妖気違えって、弱いんじゃないの？」

「……その逆よ」

月夜公の唇が歪《ゆが》んだ。

「妖気違えは、二つの妖気を持っておる。つまり、それだけ他の妖怪よりも強いということじゃ。じゃが、この二つは互いに相容れぬもの。常にぶつかりあい、衝撃波を生みだしておる。それに耐えきれず、体のほうが壊れてしまうのよ」

だからこそ、いくつもの封印で、津弓の妖気を抑えなくてはいけない。それでも、完全に封じることはできない。内側からぎりぎりとこじ開けてくるので、三日に一度は封印をかけなおすのだという。

「津弓は一生、この力を自在に使いこなすことはできまい。これは使える力ではないのじゃ。我が身をも打ち砕いてしまう、破壊の力でしかないのじゃ」

「……かわいそうだ」

「ふん。うぬに哀れまれるほど、津弓は不幸ではないわ。勝手に決め付けるでない、たわけ」

憎まれ口を叩きながら、月夜公はくるりと背を向けた。

「まったく。骸蛾の始末を見届けに来ただけだというに、とんだ時を食ってしまったわえ。早く津弓のもとに戻ってやらねば」

月夜公の姿がかき消えると、千弥は肩をすくめた。

「いやほんと、素直じゃないやつだね。弥助が心配してるだろうから、津弓の無事を知らせにきたと、そう言えばいいものを」

「……月夜公にそんな思いやりなんて、あるかな？」

「あれはあれで、なかなか情が深いんだよ。ほら、津弓が仙薬《せんやく》を持って来てくれたことがあっただろう？」

「うん。体にいいっていうのを聞いて、津弓が一粒、持ってきてくれたんだった」

「あれは月夜公がそう差し向けたのさ。そうでなければ、わざわざ津弓の前でそんな話をするものかね。弥助に薬を届けてやりたいけど、自分で持っていくのはいやだし、そもそも弥助のことを気遣っているなんて、死んでも知られたくない。だから、甥っ子を使ったんだよ。あいつはそういうへそ曲がりなやつなのさ」

「なんでそんなことわか……なあ、千にいと月夜公って、どんな関わりがあるわけ？　今日こそ聞かせてよ？」

「そのうちね。そんなことより、うちに帰るよ」

「あっ！　またごまかそうとしてない？」

「してないよ。ただ、こんな薄汚いところに、いつまでもいたくないだけさ。さ、ほら、おぶさりなさい」

「やだって！」

「なんだい。何を恥ずかしがることがあるんだね」

「だって、きゅ、久蔵にでも出くわしたら……」

「久蔵さんなら、借金取りにまた捕まってるさ。さあ、これ以上だだをこねるんじゃないよ。……それとも、なんだい？　さんざん心配かけといて、まだ私に心配かけるつもりかい？」

「うっ……」

これ以上は逆らえなかった。

結局、弥助は千弥に背負われて、長屋に戻ったのだった。

その夜、お江戸のあちこちで、不思議な風が吹いた。

その風は音をおびていた。大きな鳥を思わせる羽ばたき。そして、シャンシャンと、まるで神鈴が振るわれるような清らかな音。

風が吹き抜けていく際、かしゃんと、まるで素焼きの器が割れるような音を聞いた人もいたという。

そして、この風が吹いたところには、必ず死者が出た。ぱちんと、命の糸が切られたかのように、いきなり息を引き取る者が続出したのだ。

突然死自体は特に珍しくもないことだが、不思議なことに、風が吹いたところに出た死者には、似通ったところがあった。全員が、大きな怪我や病から見違えるように元気になった人達ばかりだったのだ。

それだけに、死者の家族達の悲しみ、動揺ぶりは激しかった。

いや、異様と言ってよかった。

「なんで壊れた！　なんで！」と、死体を抱きかかえて泣きわめく者がいた。

「また動くよ！　だから埋めないでおくれ！　あの人を連れて来て、直してもらうから」

と、埋葬を拒む者がいた。

中には、我が子の亡骸《なきがら》を抱きかかえ、自害した母親もいた。せっかく元気になった子供がいきなり亡くなったことに、耐えきれなかったのだろう。

「あれは死神の風だったんだ。それまで見逃してやっていた命を、風に乗って取り立てにきたんだよ。利子までがっぽり取っていくたぁ、恐ろしいねぇ」

後にみなは噂した。

終章

弥助はぼんやりと部屋の隅に座っていた。

本当は、やらなくてはいけないことがたくさんあった。ぬか床《どこ》をかきまわしたり、千弥の下駄を洗ったり、夕餉《ゆうげ》のことを考えたり。

だが、どうもやる気が起きなかった。気分が重くて、指を動かすのもおっくうだ。

と、戸口を開けて、ひょいっと、久蔵が顔をのぞかせた。

「なんだいなんだい、しけた顔して。たぬ助にしちゃ、珍しいじゃないか。こりゃ雪でも降るかな」

だが、天敵の顔を見ても、弥助はいつもみたいにやり返す気分になれなかった。わめくかわりに、しみじみと言った。

「そういう久蔵は、いつも底抜けに楽しそうだね。うらやましいよ」

「……なんか、いやな言い方だね。なんだい？　何かあったのかい？　こう大人しいと、どうも調子が出なくて、気味悪いねぇ……まさか、熱でもあるとか?」

「別に……千にいならいないよ。八百屋の富八《とみはち》んとこに出かけてんだ」

「なんだい。富八の野郎、またぎっくり腰やったのか。で、おまえ、置いてきぼりかい?」

「今日は一人で出かけたいんだって」

本当のところは違う。千弥は、弥助がついてくることを断固拒んだのだ。

「人形師に蹴られた脇腹が、まだ痛むんだろう? 絶対に家で大人しくしておいで。……言うこと聞かないってんなら、私にも考えがあるよ」

その冷え冷えとした声が恐ろしく、弥助は留守番を承知するしかなかったのだ。

でも、久蔵が現れるとわかっていたら、無理をしてでも、千弥についていけばよかったのかもしれない。

そんなことを考える弥助の横に、よいしょと、久蔵は腰をおろした。そして、いつになく静かな声で言ったのだ。

「太一郎が死んだよ」

無言で顔をあげる弥助に、久蔵はうなずきかけた。

「あの野郎がいないって、お袋さんが大騒ぎしてね。みんなで手分けして捜したら、人気のない河原に倒れてるのが見つかったんだよ。……おおかた、野良犬にでも食われたんだろうね。右腕がなかった」

「……なんで、そんなこと俺に言うの？」

「別に。言いたいから言っただけさ。あと、おまえがこの前、太一郎のあとをつけてただろう？ 太一郎のことが気になってる様子だったからね。もしかしたら、知りたいんじゃないかなって思って。……そういや、やつがいなくなったのは、おまえがつけてた日だったねぇ」

ちらっと、久蔵は弥助を見た。

おまえ、太一郎に何があったのか、知ってるんじゃないかい？

そう問いかけてくるまなざしだった。

一瞬、全てを久蔵に話してしまおうかと、弥助は思った。だが、結局、やめた。かわりに、別のことを尋ねた。

「はとこ、だったんだよな？」

「太一郎かい？ ああ、そうだよ」

「……死んで悲しい？」

「いいや」

きっぱりと久蔵は首を振った。

「おまえも、あいつがどんなやつだったかはわかってるはずだよ。死人の悪口は言いたかないが、百害あって一利なし。やっこさんが死んで悲しむのは、母親のおいくさんくらいなものさ。実際、半狂乱になって、おかしなことばかり口走ってたよ。太一郎が壊れるはずがないって。直せば、また動くようになるから、埋めるなって」

しまいには、葬儀の段取りをつけようとする親戚達に、庖丁《ほうちょう》を振りまわしだしたという。

そんなおいくをなんとか取り押さえ、一族は見張り付きで別荘に閉じこめることにした。

今、おいくは小さな部屋に閉じこもり、布で作った人形を抱いて、日がな一日何かつぶやいているらしい。

「たぶん、少し正気を失いだしてるね。医者の話じゃ、これからどんどんひどくなっていくだろうって……ほんとにろくでもないやつだったけど、おいくさんにとってはそれだけ大事な我が子だったってことだろうね」

「………」

「ま、辛気《しんき》臭《くさ》い話はこれくらいにしとこう」

ぱちんと、久蔵は空気を切り替えるように、手を叩いた。

「さて、千さんがいないんなら、そろそろ俺は行くよ。元気のないたぬ助とじゃ、暇つぶしにもならないからね」

ああ、帰れ帰れと言いかけたところで、弥助はふと口をつぐんだ。

久蔵は根っからの遊び人。たくさんの恋を語り、女達を喜ばせ、また怒らせている。それは、千弥にはできないことだ。

千弥には聞けないことを、弥助は尋ねてみることにした。

「なあ、久蔵……」

「なんだい？」

「……あのさ、初めて、好きになった人のことって、覚えてる？」

久蔵はあきれたような顔を一瞬し、それからすぐに真顔となった。

「覚えてるよ。そりゃもう、絶対に忘れるわけがないさ」

「だけど……他にいっぱい恋人とかいるんだろ？　それなのに、覚えてるのか？　ほんとに？」

「当たり前だよ。それはそれ、これはこれなんだから。俺だけじゃないよ。誰だってそうだ」

「そうなの、か？」

「そうだよ。男で初恋の人を忘れるなんて、ありえないね。……まあ、千さんはちょっと別かもしれないけど。千さんが女に惚れてるとこなんて、とんと思い浮かばないよ」

弥助は目を伏せた。頭の中には、一人の少女の姿が浮かんでいた。細く、はしっこそうで、目が大きな少女。

千弥以外で、初めて気になった相手だった。ほんの数回しか顔を合わせられなかったが、うそあぶらから解放された時の笑顔は、弥助の胸に焼きついている。

あの時、なぜ「きれいだよ」と言ってあげられなかったのか。そう言ってやれば、もっともっと顔を輝かせてくれたかもしれないのに。

だが、悔やんでも遅かった。あの子にはもう二度と会えない。あの笑顔をふたたび見ることはできない。考えるだけで、胸が引き裂かれそうだ。

こんな気持ちを、また他の誰かに感じることができるのだろうか。

「俺は無理だ……」

「あん？」

「きっと……もう誰かを好きにならないと思う。久蔵や他の人みたいにはできないよ」

馬鹿だねと、久蔵はぐしゃぐしゃと弥助の頭をかきまぜた。

「できるよ。たとえ、最初の恋がうまくいかなくたって、また恋はできる。初恋の人に捧げた気持ちとはまた違う、真心を抱ける相手が、絶対できる。そういうもんさ」

「だけどさ……そう言ってる久蔵だって、ちゃらちゃら遊んでいるだけで、嫁をもらおうとしないじゃないか。どうして身を固めないんだよ？　それって……最初の人のこと忘れられないからじゃ……」

「違うよ、馬鹿。それに、ただ遊んでるわけでもない。確かに、俺は女の人が大好きだけどね。……俺も探してるんだよ」

ふっと、久蔵の目が遠くなった。

「生涯添い遂げたいって思える人、俺の残りの人生を全部くれてやってもいいなと思えるような人。俺が探してるのはそういう人だ。正直、見てくれなんて、どうだっていい。血筋だの持参金だのにも興味はないね。ただ、魂《たましい》にぴたりとくるような相手。そういう人に出会いたいんだよ」

「……でも、それだけ探して、出会えないんだろ？」

「だからなんだってんだい？　ちょっと時間がかかってるだけだよ。俺の未来の嫁さんは、恥ずかしがり屋なのさ、きっと。それに、こっちも別に焦《あせ》っちゃいないしね」

「そう、なのか？」

「ああ。だって、考えてごらんよ。出会えたら、もう俺はその人だけのものになっちまうわけだろ？　これまでの悪所廻《めぐ》りも、深酒も、どんちゃん騒ぎも、全部縁切りだ。それがつまらないってわけじゃないよ？　これぞという人がそばにいてくれりゃ、そんなもの、なくなったって、全然平気さ。でも、嫁さんが見つかるまでは、うんと羽を伸ばしておきたいんだよ」

久蔵はにやっとした。その顔はもういつもの遊び人の顔だった。

「まあまあ、何があったか知らないけど、あんまり落ち込むんじゃないよ。元気だしなって。なんだったら、また吉原に連れてってやろうか？」

「い、いいよ。吉原なんか行きたくない」

「ふふん。さすがこわっぱ。贅沢《ぜいたく》なことぬかすねえ。大人の男になったら、そんな口、絶対叩けないよ。あ、そうそう。例の口悪女郎の紅月、最近たいそうな評判なんだよ。なんでも、紅月が三味線をひくと、飼ってる三毛猫が歌うんだそうだ。おまえがあげた猫だろう？　噂の種に、見に行こうじゃないか」

「……りんのやつ、元気にしてるってことだね？」

「そういうことだろね。最近、紅月には身請けの話も出てるそうだ。となると、いつまで猫のお囃子《はやし》とやらを見られるかわからない。今のうちに会いに行くのが一番。ってことで、今夜行くよ」

「や、やだよ！」

「いいから！　俺が行くと言ったら、黙ってついてくりゃいいんだよ、このくそがきめ！」

「いでで！　は、放せ！」

がっちりと久蔵に首をつかまれ、弥助は必死で逃れようとした。

その時、くすくすっと、耳元で誰かが笑ったような気がした。

おあきが見ている。見て、笑っている。

不思議とそんな気持ちになり、弥助はつきんと鼻の奥が痛くなった。

久蔵の言葉が本当なら、弥助はまた誰かに出会えるかもしれない。特別な人に出会えるかもしれない。それでも、おあきの面影が胸から消えることはないだろう。

（おあきちゃん……俺、忘れないから。ずっとずっと忘れないから）

わかってると、風がおあきの声を運んできた気がした。

「って、この！　いい加減、放せって！」

「だぁめ！　おまえは今日はどんなことがあっても、俺と一緒に紅月んとこに行くんだよ」

「だから、誰がそんなこと決めたんだって……この！　あっ！　千にい！」

「げっ！　せ、千さん！」

突然現れた千弥に、久蔵はぎょっとして手を離した。自由になった弥助は、まるで子犬のように千弥に駆け寄っていった。

やれやれと、久蔵は心の中でつぶやいた。

帰ってきた千弥にまとわりつく弥助は、いかにも子供子供していて微笑《ほほえ》ましい。その姿に、久蔵はほっとしていた。

（恋をかじって大人になったかと思ったら、まだまだ千さんにべったりじゃないか。こりゃまだまだひよっこだねぇ。それにしても……ちょいとどきりとさせられたねぇ）

何があったか知らないが、今日の弥助はひどく落ち込んでいた。この少年がこれほど傷ついた目をしているのは見たことがなく、久蔵は内心、大いに焦り、心配していたのだ。

だが、久蔵と話したことで、弥助は少し気持ちが落ち着いたらしい。先ほどよりも明るい顔になっている。

よかったと、久蔵は胸を撫で下ろした。

（たぬ助のあんな顔は見ていたかないからねぇ。うん。まだまだこいつにゃ、千さん命の小僧っ子でいてもらいたいもんだ。いきなり大人になられたんじゃ、こっちがひやひやしちまう。まったく。嫁さんもいないのに、すっかり父親の気分だよ。しかし……俺の嫁さん、今、どこにいるんだろうねぇ）

そんなことを思いながら、久蔵は千弥と弥助を見た。弥助はさかんに、久蔵の悪ふざけを千弥に言いつけている。

これは一言物申してやらなくてはと、久蔵は二人にずかずかと近づいていった。
今日も、太鼓《たいこ》長屋はにぎやかな一日となりそうだ。

〈妖怪オリジナルキャラクター〉募集結果発表および選考経過

二〇一六年四月の『妖怪の子預かります』刊行を記念して実施いたしました〈妖怪オリジナルキャラクター〉募集企画ですが、六月末日の締め切りまでに63通の応募をいただきました。
廣嶋玲子（作家）、Minoru（イラストレーター）、東雅夫（文芸評論家／アンソロジスト）の選考委員三名による審査の結果、以下の12のキャラクターが予選を通過いたしました。

小袖　着物の妖怪。貧しい人々の着物がほつれていたり、破れていたりするのを人知れず修繕してあげる。自分の着物は自分では直せない。（茨城県　小牧恵様）

お櫃《ひっ》どん　お櫃の形をした妖怪。家にあるお櫃になりすまし、ほかほかのご飯をいれると全部食べてしまう。仲間にしゃもじの妖怪「しゃも爺」がいる。（茨城県　小牧恵様）

すきま　家の中のすきまで暮らす妖怪。身の丈一寸あまり。すきまから人間をのぞいている。体はわたぼこりに似ていてふわふわで、ハエトリグモのように目が八つある。（京都府　冨沢愉紀子様）

夢だいこ　夢鬼（夢魔）。悪夢を食べてくれる。しかし好き嫌いが激しい。悪夢を見てうなされていると、枕元に現れる。（千葉県　野元裕見子様）

おびむすび　いたずら好きなだけの無害な妖怪。ほったらかしにしておいた帯や紐をからませてしまう。名前が似ているのでおむすびが好き。（神奈川県　福原絵香様）

紫女《しめ》　「おしめ洗い」という女の妖怪。子妖怪のおしめを洗ってくれと言ってくる。子妖怪（赤ん坊）は、地蔵のように動かないが、おしっこをたくさんする。（神奈川県　亀山智嗣様）

春告《はるつげ》　禽将棋《とりしょうぎ》の燕《つばめ》の駒《こま》の妖怪。子供は身の丈三寸くらい。見た目は六歳くらいのおかっぱ頭の少年。大人になると空が飛べるが、子供は飛べない。（千葉県　鮎屋ユンタ様）

仁助　ざしきにゃらし。鉢割れの猫。猫の手も借りたい忙しいときに現れる。邪魔をしているようで実は人を動かし、気付けば仕事が片付いている。（東京都　小林久佳様）

鏡花　鏡の妖怪（通称シロ）。手鏡をデフォルメしたもの、または丸い鏡を持った童女。人の本心を映し出し、本人が黙っていることを吹聴してしまう。（神奈川県　江部我空様）

白吉《しろきち》　（通称シロ）犬張《いぬはり》り子《こ》の妖怪。子どもを疫病や悪鬼から守る。とにかく子ども好き。普段は単なる張り子。（千葉県　東雲騎人様）

血眼《ちまなこ》　大きな一つ目をもった妖怪。その一つ目玉を充血させながら、じっとこちらを見つめている。この妖怪がいると、ついつい物事に熱が入りすぎてしまう。（千葉県　東雲騎人様）

忘《わすれ》　いつもふわふわ呆《ほう》けた様子の妖怪。この妖怪がとりつくと、大事なこともころりと忘れてしまう。仲間に有名な「覚《さとり》」という妖怪がいる。（千葉県　東雲騎人様）

以上12のキャラクターのなかからさらに審査を重ね、大賞を決定いたしました。

大賞　忘

尚、次点として「すきま」が選出されました。
また、各審査員の個人賞も以下のとおり決定いたしました。

廣嶋玲子賞　仁助
Minoru賞　お櫃どん
東雅夫賞　おびむすび

沢山のご応募ありがとうございました。
大賞の妖怪「忘」は、十二月刊行予定の『妖たちの四季　妖怪の子預かります3』の短編に登場いた

します。

選考委員の先生方のコメント

●個性的で、このまま物語に登場させたい、物語を書きたいと思わせられる妖怪が多く、とてもわくわくしました。（廣嶋玲子）

●どの妖怪も細かな設定を考えて頂けていて、「この妖怪が弥助たちと絡むとどんな感じなんだろう」と思いつつとても楽しく拝見させて頂きました。（Ｍｉｎｏｒｕ）

●色々な文学賞の選考に関わってきましたが、まさか創作妖怪の公募に関わることになろうとは……貴重で愉しい体験をさせてもらいました。妖怪の属性を説明する文章の端々から、『妖怪の子預かります』の作品世界や登場人物への、応募者の方の愛着や思い入れが伝わってきますね。（東雅夫）

イラスト◎Minoru

著者紹介　神奈川県生まれ。『水妖の森』で，ジュニア冒険小説大賞を受賞して2006年にデビュー。主な作品に，『妖怪の子預かります』，〈ふしぎ駄菓子屋 銭天堂〉シリーズや『送り人の娘』，『火鍛冶《ほかじ》の娘』，『魂を追う者たち』などがある。

検　印
廃　止

妖怪の子預かります 2
うそつきの娘

2016年 8 月31日　初版
2021年12月 6 日　6 版

著 者　廣《ひろ》　嶋《しま》　玲《れい》　子《こ》

発行所　（株）東京創元社
代表者　渋谷健太郎

162-0814/東京都新宿区新小川町1-5
電　話　03・3268・8231-営業部
　　　　03・3268・8204-編集部
U R L　http://www.tsogen.co.jp
振　替　00160―9―1565
フォレスト・本間製本

乱丁・落丁本は，ご面倒ですが小社までご送付ください。送料小社負担にてお取替えいたします。

ISBN978-4-488-56503-9　C0193

死者が蘇る異形の世界

〈忘《ぼう》却《きゃく》城《じょう》〉シリーズ

鈴森 琴

＊

我、幽世の門を開き、
凍てつきし、永久の忘却城より死霊を導く者……
死者を蘇らせる術、死霊術で発展した亀珈王国《かめのかみかざりおうこく》。
第3回創元ファンタジイ新人賞佳作の傑作ファンタジイ

忘却城
The Castle of Oblivion

鬼帝女《きていにょ》の涙
A Butterfly's Dream

炎龍の宝玉
The Jewel of Firedragon

心温まるお江戸妖怪ファンタジー・第1シーズン

〈妖怪の子預かります〉

廣嶋玲子

＊

ふとしたはずみで妖怪の子を預かる羽目になった少年。
妖怪たちに振り回される毎日だが……

1 妖怪の子預かります
2 うそつきの娘
3 妖《あやかし》たちの四季
4 半妖の子
5 妖怪姫、婿をとる
6 猫の姫、狩りをする
7 妖怪奉行所の多忙な毎日
8 弥助、命を狙われる
9 妖《あやかし》たちの祝いの品は
10 千弥の秋、弥助の冬

装画：Minoru